Filhas de Eva

Martha Mendonça

Filhas de Eva

1ª edição

EDITORA RECORD
RIO DE JANEIRO • SÃO PAULO
2016

CIP-BRASIL. CATALOGAÇÃO NA PUBLICAÇÃO
SINDICATO NACIONAL DOS EDITORES DE LIVROS, RJ

M496f
Mendonça, Martha
Filhas de Eva / Martha Mendonça. – 1ª ed. –
Rio de Janeiro: Record, 2016.

ISBN 978-85-01-10752-7

1. Conto brasileiro. I. Título.

16-30004

CDD: 869.93
CDU: 821.134.3(81)-3

Copyright © Martha Mendonça, 2016

Todos os direitos reservados. Proibida a reprodução, armazenamento ou transmissão de partes deste livro, através de quaisquer meios, sem prévia autorização por escrito.

Texto revisado segundo o novo Acordo Ortográfico da Língua Portuguesa.

Direitos exclusivos desta edição reservados pela
EDITORA RECORD LTDA.
Rua Argentina, 171 – Rio de Janeiro, RJ – 20921-380 – Tel.: (21) 2585-2000.

Impresso no Brasil

ISBN 978-85-01-10752-7

Seja um leitor preferencial Record.
Cadastre-se e receba informações sobre nossos lançamentos e nossas promoções.

EDITORA AFILIADA

Atendimento e venda direta ao leitor:
mdireto@record.com.br ou (21) 2585-2002.

Eva

Nunca me tornei mulher. Já nasci assim: seios fartos, cintura fina, quadris largos, um milagre de carne saído do osso de uma costela. Nunca brinquei de boneca, não joguei amarelinha, jamais coloquei o dente debaixo do travesseiro esperando que a fada realizasse um desejo.

Nasci suja de sangue, mas de outro tipo. O vermelho da urgência da criação do mundo, da reprodução da espécie, da dor de ser a segunda, a coadjuvante, a frágil — e, ainda assim, ser o espaço humano desse repetido milagre que, depois de mim, não vai mais parar de acontecer, todos os dias, todas as horas e minutos, para sempre.

Assim, já formada e deformada pela falta de infância, aprendi logo que eu era a culpada. Pelo que houve e pelo que não houve; pelos barulhos e pelos silêncios; pela beleza e pela feiura; pelo passado e pelo futuro. Pelo desejo.

Ele — de letra maiúscula — e ele — de letra minúscula — esperam que eu seja, pela eternidade, um instrumento de sua ordem. Que eu obedeça, que eu aceite, que eu recue, que eu tema, que eu ceda, que eu entenda, que eu me dobre, triplique, multiplique... Mas há a árvore, a maçã e a serpente.

Amanhã termina a Criação. Mas, enquanto o novo dia não nasce, eu durmo. E sonho com o futuro de minhas filhas. Hoje elas ainda são vozes. Diferentes vozes, às vezes em uníssono, às vezes dissonantes. Mas, um dia, serão carne e osso.

Amante

Se tinha uma coisa que ela achava lindo era beijo no olho. O único beijo ao mesmo tempo inocente e erótico. Beijo na boca, paixão. Beijo no nariz, totalmente infantil. Na testa, idem. Na bochecha, amizade. Nos olhos, devagar, o beijo misturava uma coisa carinhosa, sublime, com uma espécie de início das preliminares sexuais. Era esse beijo que ela recebia agora, quando ele lhe dizia, entre lágrimas:

— Eu te amo, nunca duvide disso. Mas não vou conseguir.

Claro que ela duvidava. Julgava por si mesma — e não é assim que sempre fazemos: julgamos os outros pela forma como nós mesmos sentimos e agimos? Pois ela já não tinha tanta certeza daquele amor. Se fosse tão grande quanto ele sempre tinha dito, o maior, o mais especial, aquele com que um homem sempre sonhou, como assim ele não conseguia sair de casa?

Era o dia combinado, as malas estavam no carro, ele dizia, aos prantos, os dois atrás de um orelhão, em uma rua movimentada. Pensou que já não havia o que dizer.

— Vou embora. Não estou com raiva, está tudo bem.

Então ela, a mulher que não ganharia o prêmio, acalmou o homem desesperado à sua frente: não era o fim do mundo, tudo passa, nada como um dia após o outro e mais algumas frases de efeito. Na verdade, os conselhos eram para ela mesma, ditos em voz alta. Os lenços de papel que estavam na bolsa terminaram e ela seguiu para o carro, estacionado ali perto. Ele continuou parado atrás do orelhão, como se estivesse se escondendo. Mas, antes que ela desse a partida, saiu andando na direção oposta. Adeus, amor.

O trânsito estava especialmente ruim naquele fim de tarde, mas ela evitou ligar o rádio do carro. Tudo que ela não precisava era a trilha sonora daquela paixão em seus ouvidos. Chegou em casa uma hora depois. O eco do barulho da chave deu o tom de sua solidão. No chão, contas e contas a pagar. E "quem vai pagar as contas desse amor pagão?", lembrou-se da música e cantarolou enquanto se abaixava para pegar a papelada. Rrraaact. Ah, não! Sua melhor calça jeans. Aquela de estimação, que melhor vestia, confortável, que modelava sua bundinha como nenhuma outra. O encaixe perfeito. Nunca mais juntos, ela e o jeans. Nunca mais juntos, ela e ele. A calça até permitia remendos. O amor não. Ou sim?

Tinham se conhecido dois anos antes. No elevador. Clichê, sim, mas a verdade tem dessas coisas.

— Vigésimo.

— Décimo segundo.

Descobriu que ele trabalhava no escritório do primo. Advogados e grandes amigos. Passaram a almoçar juntos, os três. Um dia o primo mudou de emprego, mas os dois mantiveram os encontros no galeto da esquina. Por um ano e meio. Apenas bons amigos. Ela lhe contava de amores fugazes. Ele reclamava da mulher. Um dia ela tirou férias. Quase ao fim de trinta dias de folga em frente ao mar de Angra dos Reis, sentiu a falta dele. Começou quando um garçom tinha o mesmo tom de voz. Depois, foi a música no saguão, que ele costumava cantarolar. Por fim, a noção de que conversavam como um jogral bem ensaiado, de que tinham a compreensão de seus silêncios e o tempo perfeito das risadas.

No primeiro almoço depois de sua volta ao batente, eles se abraçaram. Para ela foi diferente. Para ele também — mas isso ela só soube depois. Na noite do dia seguinte, ela fez hora para voltar para casa. Chovia muito, queria evitar o trânsito. Chamou o elevador perto das dez da noite. Quando a porta se abriu, ele estava lá dentro, sozinho. Já nem se lembrava mais de quem tinha sido a iniciativa. Mas só chegou em casa às três da madrugada. Não tomou banho como de costume. Nada que lembrasse o padrão, o comum, o corriqueiro, poderia fazer parte daquele dia — na verdade, do dia de ontem que tinha emendado no de hoje, e ela esperava que continuasse amanhã e depois e depois. Frequentaram o motel a duas quadras do trabalho quase todos os dias, na hora do almoço ou depois do expediente. Estava certa de que não havia um amor como aquele.

Os meses se passaram, o outono chegou. Uma tarde de agosto, não voltaram para o trabalho. Botaram música alta e dançaram, nus. Havia poesia espalhada pelos quatro cantos do quarto. Ele revelou histórias da infância. Ela contou sobre a cicatriz. Um tombo de bicicleta, aos dez anos. Ele mordeu a cicatriz com força. Riram da tarde roubada de suas rotinas: um almoço interminável em que nada comeram, a não ser a si mesmos. Houve ainda anoiteceres cheios de Sol — como na música de que ele mais gostava. Ele já a esperava. Fechou a porta do quarto atrás de si, desejando que não se abrisse nunca mais. Ele tirou o vestido dela devagar e ela se apoiou na parede para não cair. Só não tirou as sandálias. E foi para a ponta do salto agulha que ela olhou quando a terra tremeu, sua alma saiu pela boca e depois voltou para o lugar.

Só uma vez dormiram juntos. Ela já nem sabia a desculpa que ele tinha arrumado. Mas se lembrava de que, ao acordar, a persiana brilhava e partículas de poeira em suspensão brincavam de roda. De bruços, a seu lado, o homem a quem seria impossível amar mais do que ela amava, ainda cansado, começava a despertar. Ela sorriu por antecipação. Mais prazer estava por vir. Era uma manhã de inverno, mas apenas do lado de fora da janela. Dentro do quarto, um verão eterno.

Não, não tinha sido culpa sua começar a sonhar. Mãos dadas nas ruas cheias, cinema no fim do dia, o tempo e as horas retomando sua dimensão normal. Como única forma de sobrevivência, exatamente como pensam aqueles que sofrem por amor, escreveu a carta que, agora imaginava, jamais mandaria.

O amor começa muito antes de o amor começar. É semente despretensiosa no primeiro olhar sem defesas, quando não existe jogo de cismas, carência de sombra, necessi-

dade de frases de efeito ou dissimulações fatais. Toma fôlego na palavra dita a sério, na gargalhada solta no vento, na piada fora de hora, no assombro da coincidência, na mentira ainda não desvendada de que o salgado pode ser doce. Causa espanto nos pelos que tocam pelos, arrepiados de descobertas, de sensações inconscientes de vazio na ausência. Fisga a insensatez do abraço que já havia antes e depois abriga a ideia do medo de um querer incompreensível, de tão pouco palpável. Confunde as órbitas repetitivas, compassadas, marcadas com o carimbo do eterno. Desfaz rotinas e cria necessidades até ali apenas latentes. Desfaz o cenário de outrora e cria novos versos, uma poesia de soluções, rimas e encaixes. Floresce no dia em que o destino do que já era antes atravessa a linha de chegada do possível. Descobre o hemisfério perdido, navega no improvável. Trafega no infinito dos limites passados para trás pelo milagre corriqueiro de um desejo mútuo de mesmo tamanho, força e cor. Explode na ânsia compartilhada de tornar realidade o que só era a face oculta da Lua. E o que aos olhos dos outros é brisa, no sabor de quem se entrega é vendaval. Cinco sentidos diferentes do ritmo do universo. E agora então é assim: só existes porque te vejo, te desejo e te beijo.

*

Agora, sozinha, ela já podia desabar.

E, como não sabia que no dia seguinte ele voltaria atrás e juntos seriam para sempre felizes, chorou a noite inteira.

Compulsiva

Pão. Manteiga. Presunto. Queijo. Misto-quente com açúcar. Esta era, decididamente, uma de suas memórias mais longínquas. Sentia até hoje o gosto da estranha combinação e se lembrava do barulho que cada mordida produzia dentro de sua boca. As papilas gustativas ainda se arrepiavam diante da lembrança. Outra eram as rabanadas de Natal. Nunca se conformara com aquela produção em massa apenas uma vez por ano. Se soubesse prepará-las, como só tias e avós sabem, faria uma dezena delas para cada dia em que a angústia tomasse conta de seu coração: um amor não correspondido, as dívidas no banco transbordando, um dia ruim no trabalho, a traição de um amigo, a tensão pré-menstrual verdadeira ou a ilusão desta justificando o humor tenebroso, a profunda depressão de uma tarde solitária de domingo.

As tardes de domingo. O apocalipse existencial. Seria assim, se não fossem as balas agridoces revestidas de açúcar cristalizado, ou as trufas de chocolate com nozes. Quase sempre em frente à TV. Naquela tarde de chuva, ansiava por uma novidade. Férias deveriam ser facultativas. Nada para fazer. Tudo para comer. Havia horas que ela estava com desejo de algo doce. Não um mero iogurte ou bolinho de laranja. Também não era o caso de um chocolate quente com torradas e geleia. Naquela tarde, o friozinho e o filme-catástrofe preferido de sua infância, alugado havia dias, pediam algo especial. Mirou o cacho de bananas em cima do aparador. Os olhos brilharam. Cortou cinco em pequenas rodelas, nem finas nem grossas. Rodelas perfeitas. A boca aguou. Buscou mel no armário. Um vidro pela metade, mas suficiente. Salpicou açúcar. Já estava quase levando ao forno quando sentiu falta de alguma coisa. Canela em pó! Revirou a despensa. Nada! Olhou a chuva. Forte. Ir até a padaria por um pouco de canela seria insanidade. A ideia de um ato assim tão ridículo lhe deu mais fome.

Pegou um guarda-chuva, uma capa grossa, botou o dinheiro no bolso e andou um quarteirão e meio até a mercearia. Já que estava lá, além da canela, comprou leite condensado. É melhor duas latas, pensou. Poderia precisar um outro dia. O vento e a chuva fizeram com que ela chegasse em casa ensopada. Mas não se trocou.

Jogou a canela e meia lata do leite condensado na panela. Levou ao forno. Tudo se dissolvia lindamente, o açúcar caramelizava e se confundia com o mel, a canela penetrava nas bananas. Chegou a ficar tonta. Era um prazer que nenhuma outra coisa lhe dava. Ansiosa, pegou a tigela mais funda que encontrou e esperou ainda dois minutos para achar que estava no ponto. Depois despejou tudo e raspou a panela, que em seguida lambeu com sofreguidão. Se a amostra estava daquele jeito, já imaginava o principal.

Tirou os sapatos encharcados, o casaco e a calça. De calcinha e meias úmidas, colocou o filme e comeu em apenas quatro minutos o que tinha levado mais de quarenta preparando. Sentiu-se vazia, apesar do estômago cheio. O filme mal tinha começado, e não seria o mesmo se não houvesse o que saborear. Deu pause e voltou à cozinha. Agora o sal é que chamava por ela. Requeijão, maionese, um filé de peixe empanado. Era pouco. Pôs um ovo para cozinhar. Antes da fervura, colocou outro. Poderia querer mais tarde. Uma vez prontos, no entanto, usou ambos. Picou, misturou ao resto e recheou os pães.

Voltou ao quarto e à cama — cujos lençóis tinham farelos de biscoito da noite anterior — e ligou o filme. Antes que o fogo chegasse à cobertura da torre, onde havia a grande festa, seu sanduíche — de três andares —, regado a refrigerante, já havia terminado. Quando a mãe tentava descer com o filho no último elevador em chamas, sentiu um pouco de azia. Achou que tomar leite lhe faria bem. Esperou o elevador despencar e parou mais uma vez o filme.

Na verdade não gostava de leite puro. Desde pequena. Poderia tampar o nariz e tomar como um remédio, mas se lembrou de que a lata de chocolate em pó suíço que a prima trouxera de viagem uma semana antes ainda não estava vazia. Três colheres e mais um tantinho transformaram o pavoroso líquido em um sensacional milk-shake depois de meio minuto no liquidificador. Bebeu ali mesmo, em pé, no meio da cozinha de chão ainda engordurado pelos bolinhos de chuva, que ela tinha comido no café da manhã.

Antes que voltasse ao quarto, o telefone tocou. Não atendeu. Era engano, tinha certeza. Quatro e trinta e cinco de uma tarde de terça-feira, a mãe estava em Guarapari com um grupo de amigas, o pai nunca telefonava, os colegas de trabalho não teriam motivo para ligar. Ao lado do telefone, porém, um pacote de balas de menta lhe chamou a atenção. Era o arremate que faltava até o desfecho do filme, pensou animada. Foi com a boca ardendo que assistiu ao desmoronar da torre em chamas.

As mortes, o trauma dos sobreviventes, o desconsolo geral e a música potencializando aquela tragédia humana em forma de película. Pensou na morte. Dez milhões de pessoas tentavam se matar por ano. Soubera disso no jornal lido na privada, naquela manhã. Só um milhão chegava lá. Do outro lado. Já tinha pensado em conhecer tal lugar — e não uma, duas ou três vezes na vida. Era um desejo recorrente, desde que entendera que tinha o poder de tirar a própria vida. Nunca levou o plano adiante, embora tivesse certeza de que encontraria uma justificativa. Não era ninguém. E era justamente por isso que ela recuava. A quem surpreenderia? Quem sofreria? O que mudaria no mundo se ela faltasse? Se não mudava nada viva, morta muito menos. Pensando melhor na questão: se apenas um décimo dos suicidas conseguia morrer, provavelmente os outros não eram tão suicidas assim. Quem quer morrer morre. Se joga de um penhasco. Enfia uma faca no peito, manda uma bala na cabeça. Se não morrem, é porque no fundo queriam apenas chamar atenção. Mais ou menos como ela teve que admitir.

Deu de ombros e se refastelou na cama, empanturrada — o estômago inchado, a cabeça pesada. Abriu o primeiro botão da calça e imaginou que, quando as férias terminassem, metade de seu guarda-roupa não lhe serviria mais. Mas, antes que pudesse entrar em depressão, a ideia do que fazer para o jantar tomou-a por inteiro, e a possibilidade de nunca mais saborear um macarrão à bolonhesa arremessou para muito longe a sombra da morte.

Apressada

As unhas estavam um lixo. O cabelo, sem corte. Precisava marcar o ginecologista. O armário estava um ninho de ratos. Seu corpo precisava de exercício. A infiltração no banheiro das crianças tinha chegado ao limite. Dali a dois dias, a babá entraria de férias. Havia cinco meses, a conta estava no vermelho. Varizes se alastravam pelas pernas. Não visitava a mãe fazia dois meses.

Os pensamentos se atropelavam enquanto esperava seu cliente, o representante do banco, para apresentar a campanha publicitária — atrasada em mais de um mês. Plano de previdência para jovens. Mais um daqueles produtos da classe média órfã do serviço público. Educação, saúde, futuro: era a gente mesmo que tinha que se virar.

Não deixe que seu filho conte com a sorte. É com você que ele tem que contar. Não era, claro, o trabalho mais inspirado de sua carreira, mas estava bom para um cartaz de parede de agência. Melhor seria dizer *para não deixar seu filho contar com quem recebia nossos impostos*, isso sim. Mas, claro, banco não briga com governo nenhum. E quem brigaria com tanto lucro?, pensou.

O homenzinho de terno e gravata de motivos infantis leu o texto, analisou as figuras. Releu, leu alto, leu mais alto. Olhou para ela:

— Acho que a palavra "não" deveria ser retirada.

Ela não entendeu.

— A palavra "não" é muito negativa — ele explicou.

Ou pelo menos achou que estava explicando.

Oh, claro que sim. A mais negativa das palavras, ela pensou, prestes a explodir diante do ar de arrogância do sujeito. Mas foi salva pelo celular.

— Só um momentinho, é da minha casa.

O filho mais novo estava com febre. Trinta e nove e meio. Ligou para o marido: fora de área. Ligou para o pediatra: não atendeu. O homenzinho, ao longe, continuava a olhar seu trabalho com ar de desaprovação. Ela correu para o banheiro e soltou um grito enquanto tocava a descarga. Para ninguém ouvir. Depois, respirou fundo e voltou ao cliente. Tinha uma semana para uma nova ideia.

Sentou-se à mesa de trabalho. E-mail: mensagem do designer. De novo. Não, ele não estava interessado nela, não poderia estar. Ela estava gorda (pelo menos mais gorda do que gostaria), a raiz do cabelo estava escura demais e os olhos irredutivelmente inchados. Maldita retenção de líquido. Sentia vergonha dos tornozelos e tinha aposentado qualquer saia acima da canela. Quando não estava de calça comprida, apelava para estranhas saias até o pé, um visual hippie que ela sabia ser démodé, mas eram infinitamente melhores do que mostrar aquelas broas de padaria coladas aos pés.

Naquele dia, a caminho do trabalho, tinha sido paquerada em um sinal. O plano americano limitado pela janela do carro a beneficiava. Os óculos escuros, mais ainda. O homem era grisalho, como ela achava que todos os homens deveriam ser desde os dezesseis anos, e dirigia um carrão novo e importado que ela não sabia a marca e que era anunciado na televisão por um ator cujo nome agora lhe escapava. Louro, bonito, nariz afilado, cara de ser bom de cama. Ah, sim, a mensagem do designer, também louro, bonito e com cara de bom de cama. O nariz era meio adunco, mas ela até preferia. Devia ser proibido homem ter nariz perfeito.

Oi. Você conhece uma casa de festas de criança que tenha parede de escalada?

Ué, mas ele não tem filhos. Na terça, tinha mandado mensagem só para dizer que a blusa laranja que ela estava usando tirava sua concentração. Na segunda, só para perguntar onde ela tinha arrumado Sol no fim de semana, para estar assim tão corada. Não respondeu que o banho quente a deixava vermelha. É, ela tinha que admitir que ele pudesse mesmo estar interessado em alguma coisa. Mesmo que fosse gozar com a sua cara. Mas não: ela não conhecia casa de festas com parede de escalada.

A lista telefônica de consumidores está lotada de casas de festas. Está na estante ao lado do café. Boa sorte.

Voltou ao cartaz do banco. Sorte, pai, filho... Nada vinha. Passou ao comercial de margarina — também atrasado. Ai, aqueles comerciais perfeitinhos, com donas de casa felizes, maquiadas já no café da manhã, maridos sorridentes, crianças obedientes que comem tudo sem derramar nada. Sem sono, mau humor, mesa imunda de farelos e pingos de leite, garfos arremessados no irmão mais novo, carrinhos de plástico nadando na tigela de cereais criminosamente açucarados. Deviam ter pedido o texto para a redatora solteira, ainda bem longe dos trinta... Só ela poderia ter uma visão assim de um café da manhã familiar.

Na sua diagonal, o designer mordia a ponta de um lápis. Um dos colegas roía as unhas avidamente. A secretária lia um romance debaixo da mesa. O chefe tentava acertar bolinhas de papel na cesta de lixo. Estava cansada daquele trabalho. Estava cansada do marido. Só não estava cansada dos filhos, porque isso seria pecado. Fechou os olhos e se forçou para pensar coisas boas: sol tão forte que arrepia a pele, primeiro dia de férias, só sinais verdes no caminho de casa, gol aos quarenta e cinco do segundo tempo, achar dinheiro no bolso, toalha quentinha saída da secadora, chuva de verão, os passos no chão de alguém que se espera.

Seis e meia.

Estalou os elásticos das pastas de papel para voltar à realidade. Fingiu que arrumava a mesa trocando objetos de lugar. Pendurou a bolsa, pariu um sorriso improvável e se despediu entre dentes. Andou pelo corredor imaginando estratégias impossíveis de fuga. Esperou o elevador como quem duvida de sua chegada.

O riso rasgado da ascensorista atravessou seus pensamentos turvos. Pobre, feia, sem chance na vida, ela estava quase no fim do expediente de oito intermináveis horas. Um emprego que a obrigava a se sentar em um arremedo de banquinho dentro de um cubículo subumano, com um uniforme desconfortável que incluía meia--calça, seu pesadelo mais básico. Sublimava a dor nas costas, os fios puxados da meia e até mesmo a maioria mal-educada e esnobe com quem era obrigada a dividir aqueles parcos metros quadrados. Gente para quem ela era invisível, como garis, faxineiras de escritórios e moças que distribuem papéis higiênicos em banheiros públicos. Não satisfeita em sua resignação, a ascensorista ainda gargalhava.

Então ela chegou ao andar do estacionamento com aquela mesma pergunta recorrente de toda sua vida — e talvez da vida de todo ser pensante: era aquilo que ela tinha sonhado para si mesma no tempo em que ainda sonhava? Aquela era a vida planejada no travesseiro, no limbo entre a consciência e o sono? Pensou em futuro, sonhos, infortúnios, meias desfiadas — e a campanha da previdência para jovens começou a tomar forma. Quem sabe a vida e as campanhas publicitárias não devessem mesmo ser feitas de clichês? Se elas viraram clichê, alguém já disse, é porque é coisa boa. Pensou em alguns. Carregar uma cruz. Dormir como um anjo. Trabalhar como um cão. Ter um leque de opções. Lutar como um bravo. Viver como um rei. Querer sombra e água fresca — quem sabe não era isso que o anúncio da previdência privada deveria dizer?

Quando entrou no carro, já sorria. Em poucos minutos acharia a vida boa — principalmente porque no rádio uma cantora de voz suave entoava uma versão nova de

"Blackbird". Em termos de Beatles, ela era purista. Mas ficou ali parada até a canção terminar. Durante a vida inteira ela tinha esperado por um momento de voar. Então começou a tirar o carro da vaga enquanto pensava que amanhã seria melhor.

Obcecada

No dia em que Otávio olhou para Catarina pela primeira vez — assim, olhando mesmo, enxergando de verdade — ela nem dormiu. Passou a noite em claro, alternando a certeza de que alguma coisa tinha mudado com a ideia de que não passava de ilusão, dessas que a gente tem aos dezoito anos, quando acha que todos os desejos vão se realizar um dia. Mas a certeza ganhou o embate: Otávio tinha percebido que ela voltou das férias mais madura, com a cintura mais fina, o cabelo mais volumoso... Ele baixou os olhos para encarar a transparência da blusa trazida da viagem de duas semanas a Paris — e ela corou. Otávio deu um leve sorriso como quem diz "bom dia, quem é você mesmo, como é que eu nunca tinha reparado antes que você é a garota mais bonita do meu prédio?".

Eram vizinhos havia oito anos. Ela no 704, ele no 402 — de um jeito que, da janela do quarto, Catarina via toda a vida de Otávio: seu quarto, sua cama, as horas de video game, os tênis sempre encardidos, a hora em que a avó trazia leite com biscoito de chocolate, o jeito com que ele gostava de abrir no meio e lamber o recheio, as broncas que ele levava do pai e depois ficava deitado com o travesseiro na cabeça. Depois, as tardes arranhando o violão, os cadernos abertos para fingir que estava estudando quando alguém entrasse no quarto, as horas e horas no video game, o dia em que chegou todo machucado porque caiu de bicicleta, a pichação da parede com a letra de uma música do Coldplay, uma menina (quem era ela? Ah, uma prima que mora em Goiás), o dia em que ele e dois amigos fumaram um baseado e choraram assistindo Harry Potter, porque tinham crescido e tudo tinha mudado, e a noite em que os pais o abraçaram quando ele passou para a faculdade de engenharia.

Otávio nunca soube que Catarina o olhava, de cima, a persiana entreaberta, a respiração ofegante — e por anos a fio. Também nunca soube que os pais dela se separaram, por isso ela tinha se mudado para aquele prédio. Nem que sua mãe deu um jeito pra que ela odiasse o pai, um vagabundo da pior espécie, que nunca respeitou nada nem ninguém, que largou a família por um rabo de saia qualquer — palavras que ela cresceu ouvindo, até acreditar em todas. Estudou em boas escolas graças às bolsas que sempre ganhou, fez cursos de inglês e de violão — porque um dia, ela sabia, tocaria com Otávio — e, pouco depois que ele passou para engenharia, ela conseguiu uma vaga na mesma universidade para fazer arquitetura. O mesmo bloco, tudo perto. Um dia iriam juntos, no ônibus, dividindo um misto-quente. Ela sabia.

Em oito anos, não haviam sido muitas as vezes em que ela e Otávio se cruzaram, antes daquele dia em que tudo mudou. Ela contou sessenta e sete vezes (o que, para ela, não era muito) em que subiram ou desceram juntos o elevador, se cruzaram na garagem ou saltaram do ônibus na mesma hora, no ponto perto do prédio. Mas talvez tivessem sido sessenta e oito, porque no dia em que ela foi levada às pressas com crise de apendicite, aos quatorze anos, ela desconfia que ele estava na garagem com o pai, saltando do carro. Mas Catarina nunca soube se isso havia acontecido ou a dor é que tinha provocado alucinações. Era comum ela achar que tinha visto Otávio. Em todo lugar. Andava na rua e olhava pros lados e —, era ele? Não, não era. Parecia que nasciam Otávios na rua, em cada garoto de bicicleta, em cada carro igual ao do pai dele, em cada calça jeans mais clara no joelho, como a que ele mais usava e depois deixava pendurada na cadeira da escrivaninha noite e dia, dia e noite.

Nos encontros rápidos, eles mal se falavam, Otávio quase sempre tinha fones nos ouvidos e o olhar em alguma coisa distante, no horizonte ou dentro de si — de forma que Catarina, mesmo perto, estava longe. Ele abanava a cabeça de um jeito quase imperceptível, lembrando da educação que a mãe lhe dera, e às vezes saía um som de sua boca, algo como um oi, mas pela metade, sendo que a metade de um oi é quase nada. Do térreo ao quarto andar eram dezenove segundos. No elevador de serviço, mais vagaroso, eram vinte e cinco. Tempo que ela aproveitava para olhar, de rabo de olho, os detalhes do rosto dele, os olhos quase verdes perdidos, uma espinha no queixo, a boca cantarolando sem som. Algum tempo depois, novo encontro e um cabelo cortado com máquina, as mãos de unhas roídas passando na cabeça, um chinelo de cada cor. Otávio. Tão perto, tão longe.

Até o dia que ela voltou de Paris. Férias de julho, a mãe trabalhando, Catarina recebeu o convite para passar um tempo na casa da tia Marly, a irmã de criação da mãe que tinha se casado com um francês rico que ela conheceu em Porto Seguro no Carnaval. Catarina relutou: duas semanas sem saber de Otávio! Nos últimos dias, ele passava muito tempo deitado na cama, teclando no celular, gargalhando, apagando a luz do abajur muito tarde. O que poderia ser? Uma namorada? Se fosse, já não teria ido à casa dele, ao quarto? A mãe insistiu. Paris,

Catarina: Paris! Um lugar para ficar, a torre, o rio, as pontes. Aqui você sozinha em casa, sem faculdade, o violão em recesso. Ela concordou — desde que pudesse levar o violão.

Pegou dias bonitos em uma cidade linda, a tia era divertida, o marido francês as levava de um lado para o outro, em todos os pontos turísticos. Catarina colocou um cadeado com seu nome e o de Otávio na Pont des Arts, com fé inabalável, e compôs uma canção para ele sentada em uma mureta, olhando o Sena. Estariam juntos ali algum dia. Certeza do tipo "o Sol voltar amanhã". No último dia, comprou para ele um chapéu fedora marrom nas Galeries Lafayette. Sonhou que subiam juntos a escadaria de Montmartre e juravam amor eterno na Sacré Coeur. Otávio tinha ido a Paris junto com ela.

Chegou em casa, abriu as malas, deu os presentes para a mãe e seguiu para o quarto. Disse que estava cansada do voo, dormiria até a hora do almoço. Era um domingo. A faculdade recomeçaria no dia seguinte. Afastou a persiana. A cortina de Otávio estava fechada. Ainda eram oito e meia: certamente ele estava dormindo. Catarina pegou no sono e acordou com um susto, ao meio-dia. A janela dele ainda fechada. Uma e meia, a mãe a chamou para almoçar. Mal sentiu o gosto da carne assada (sua comida preferida), de tanta ansiedade. Acabou o almoço e correu para seu observatório: tudo aberto, a cama feita... mas nada de Otávio. Esperou por mais de uma hora ali, de pé, o celular em uma das mãos checando o perfil dele no Facebook, mas não havia nada novo desde o Natal. Olhou as fotos de Paris para o tempo passar — e se achou bem bonita. Às quatro e meia, ele apareceu: suéter preta nos ombros, o cabelo maior, levemente cacheado, calçou o tênis e saiu do quarto de novo, com uma mochila. Catarina mudou de blusa em segundos e saiu de casa, deixando a mãe cochilando na sala.

No corredor, olhou os dois elevadores. Um parado no térreo, o outro no nove. Correu de um lado para o outro, esperando que algum deles se mexesse. Nada! Será que Otávio tinha pegado a mochila apenas para levar para outro lugar da casa? Talvez estivesse estudando na sala ou na cozinha? Mas estudando nas férias? Será que... Então o elevador de serviço saiu do térreo. Um, dois, três... parou no quatro! Catarina apertou o botão em um reflexo. Ele tinha que subir ao sétimo antes que tocasse para descer. Subindo... cinco... seis... chegou. Catarina abriu a porta ofegante, talvez tão rápido a ponto de ter chamado a atenção. Otávio levantou o rosto e os dois se olharam. Foi ali, naquele segundo, que ele enxergou sua vizinha. Olhou Catarina, seu rosto, depois a transparência da blusa, voltou aos olhos e deu, pela primeira vez, um cumprimento completo, articulando as sílabas, olho no olho:

boa tarde. Catarina, controlando a ansiedade, respondeu a mesma coisa e entrou no elevador, posicionando-se ao lado dele. Chegando ao térreo, Otávio, que sempre saía sem se despedir, segurou a porta para Catarina. Ele seguiu para a garagem (estaria pegando o carro do pai?) e ela, que na verdade não ia a lugar nenhum, foi até a portaria e, já na frente do porteiro, bateu na testa e deu meia volta, simulando algum esquecimento.

Passou a noite praticamente acordada, pensando no olhar, na voz, no leve sorriso. Sonhou que estava usando a suéter preta de Otávio, deitada em sua cama, ele tocando violão baixinho para ela. Quando o despertador tocou seis horas, já estava de pé. Tomou um banho e seguiu para a faculdade. Pela janela, viu que ele também já tinha saído. E agora? E agora, pensava no ônibus, apertada no meio de tanta gente, é hora de saber se ele a olhou com interesse ou se era só impressão. Como? Chegando mais perto.

Não prestou atenção em aula nenhuma. Por volta da uma hora, ela chegou em casa e olhou pela persiana: nenhum sinal de Otávio. Engoliu um sanduíche, desceu e saiu do prédio. Ficou do outro lado da rua, escondida atrás de uma van escolar estacionada irregularmente na calçada, esperando. Em algum momento avistaria Otávio despontando na esquina. Daria tempo de atravessar e vir do lado oposto, como quem chegasse em casa na mesma hora. Esperou uma hora e meia quando percebeu que o local onde estava encostada se movia. Percebeu que a van estava saindo. Olhou para os lados, em busca de algum outro esconderijo: só um carro, mas muito longe, de um ângulo que não lhe permitiria enxergar a esquina de onde Otávio viria. Pensava em uma estratégia, andando para um lado e para o outro, quando o vizinho apareceu, já a uma boa distância da esquina. Então Catarina correu. Atravessou a rua, seguiu na direção do prédio a passos rápidos, os mais rápidos, quase olímpicos. E, de repente, ela caiu. A pressa, a calçada desnivelada, a sapatilha de sola gasta. Estava no chão, os braços ralados, o joelho doendo. Apurava o dano e nem viu que Otávio estava a sua frente.

A mão estendida de Otávio. Ele não roía mais as unhas, foi o que Catarina pensou quando olhou a mão, esticada para ela. Machucou? Ela já nem sabia: estava anestesiada, muda, pensava se algum dia ele poderia se interessar por ela, tão estabanada, louca, descabelada, ralada. Mancava por causa do joelho, e ele então passou o braço na cintura dela, apoiou-a até a portaria. Seu Raimundo abriu a porta e perguntou se não era melhor tirar uma chapa, poderia estar quebrado. Otávio colocou-a sentada no sofá da portaria e ficou olhando, esperando que ela dissesse alguma coisa. A mente de Catarina trabalhava enlouquecida contra o tempo: o que dizer, o que fazer, pra onde ir?

Achou melhor se levantar. Decidiu ir para casa. Otávio ajudou-a e entraram juntos no elevador. Sétimo, né? Ele sabia. Sabia o andar dela. Otávio sabia seu andar! O que era de se esperar, já que ela morava ali fazia oito anos, mas, mas...

Otávio se ofereceu para saltar com ela, ajudar a abrir a porta de casa. Ela abriu. Ele se ofereceu para entrar, ajudá-la com curativos. Entrou. Catarina explicou que ficava tudo no armário do banheiro do corredor. Ele foi até lá buscar, e, enquanto ela esticava a perna no sofá e pensava "Otávio está na minha casa, Otávio está no meu banheiro, Otávio, Otávio", ele voltou, com o spray na mão, mas não tinha achado o band-aid. Catarina lembrou que havia um em sua mochila. No quarto. Otávio disse que pegaria e foi até o quarto dela. Otávio. Está. No. Meu. Quarto. Ele demorou um pouco e voltou com a mochila. Ela abriu, fez o curativo, eles se olharam, e agora?

Lá do seu quarto dá para ver o meu quarto, sabia? Se ela sabia? Talvez Catarina não soubesse de mais nada na vida além do fato de que seu quarto poderia ver o quarto de Otávio. Não deu grande resposta. Ele perguntou se ela queria mais alguma coisa. Eu quero tudo, Otávio, eu quero você. Só pensou, é claro, e então ele disse tchau e foi embora. Tinha um olhar de carinho no rosto. Tinha. Não era impressão. Não era sonho.

Catarina foi ao hospital no fim do dia com a mãe. Uma pancada forte só, mas era melhor imobilizar, colocar muito gelo, ficar quieta alguns dias. Faltou às aulas por três dias, setenta e duas horas em que praticamente não saiu da janela, acompanhando todos os movimentos da rotina de Otávio. No fim do terceiro dia, jantou e resolveu ver um filme. Filme de amor. Era dia de sua mãe jogar buraco com os colegas de trabalho. Mal passaram os créditos, tocou a campainha. Catarina foi atender impaciente — e achava que era a Dona Matilde do 703, sempre pedindo alguma coisa de última hora. Mas era Otávio.

Tão acostumada a estar com Otávio em situações pouco especiais ou em encontros artificiais, Catarina perdeu o controle. Teve uma espécie de surto, como nomeou depois, um arroubo de felicidade tamanho com a surpresa da presença da pessoa a quem ela dedicava a vida — e não, não era exagero dizer isso! — que simplesmente segurou seu rosto e deu-lhe um beijo. Otávio, a princípio parado e assustado, correspondeu logo. Havia passado os últimos dias pensando na vizinha dos cabelos bonitos e joelhos ralados. Tinha ido até a casa dela com a desculpa de saber como ela estava, mas a verdade é que queria se aproximar.

O beijo durou o tempo necessário para os dois pensarem no que dizer depois, se é que algo precisava mesmo ser dito. Eles se beijaram, gostaram do abraço, do contato inesperadamente louco, para que explicar? Catarina se afastou com os olhos fechados, precisava sobreviver ao ataque cardíaco que estava prestes a sofrer. Otávio abriu os olhos e ficou olhando os olhos fechados de Catarina. Riram muito. Gargalharam. Ela não perguntou o que ele queria com ela, por que tinha ido ali. Ele entrou e ela colocou o filme. Filme de amor. Catarina estava, enfim, dentro de seu próprio filme de amor.

Catarina jamais contaria a Otávio que foram oito os anos em que ela o namorou sem que ele a namorasse. Nunca relevou as horas e horas que passou de pé, enroscada na persiana, assistindo à vida dele. Agora era sua namorada e, em vez de olhar pela janela, descia ao quarto andar. De manhã antes de ir para a faculdade, de tarde, de noite. Os pais de Otávio gostavam dela. Pelo menos era o que parecia. Abriam a porta com um sorriso e ela retribuía, já no caminho do quarto dele, onde se jogava na cama a seu lado ou atrapalhava seu estudo. Otávio ia menos à casa de Catarina, achava que a mãe da namorada não simpatizava muito com ele. A verdade é que a mãe de Catarina já tinha percebido que a filha vivia em função do namorado. As refeições que faziam juntas eram cada vez menos frequentes, e o cinema do fim de semana não era mais com ela. Passou a se preocupar mais quando as notas da faculdade de

Catarina caíram. Depois, mais ainda quando olhou pela fechadura do quarto da filha e a viu de pé, quase meia-noite, olhando pela janela. Decidiu que era hora de uma conversa quando Catarina passou um fim de semana inteiro na cama, chorosa, porque Otávio tinha ido a Minas ver os avós. Catarina achou que a mãe era insensível. Você nunca se apaixonou? Nem pelo meu pai? A mãe viu que não havia como dialogar com a garota sobre Otávio. Era paixão. Daqui a pouco passaria.

Otávio voltou de Minas e, na semana seguinte, foi convidado por um amigo para velejar em Angra dos Reis. Comentou com Catarina, ainda sem decidir se ia ou não. Catarina chorou como se tivesse perdido um parente. Ou uma perna. O namorado a abraçou. Disse que não iria. Achou bonitinho o amor que ela sentia, a saudade, a falta... E ela era tão bonita. Como os pais de Otávio não estavam em casa, os dois transaram, de um jeito completo, pela primeira vez. No fim, deitada no peito de Otávio, Catarina disse que era dele. Catarina era de Otávio. Otávio, é claro, também era dela, há três meses, dezoito dias e cinco horas.

No dia seguinte, Catarina amanheceu na casa de Otávio. A mãe dele abriu a porta às seis e dez da manhã, ainda estava escuro, Otávio tinha entrado no banho. Catarina entrou e se sentou à mesa do café que ainda não estava posta, viu o pai do namorado passar pelo corredor e lançar um olhar estranho para a mulher, e disse a ela que não, não queria torradas, não gostava de comer de manhã. Otávio saiu do banho com a toalha enrolada na cintura, ficou surpreso em ver Catarina. Por um segundo, olhou para a mãe, que fazia uma cara de desaprovação, de "o que essa menina louca está fazendo aqui já a esta hora?", de "faz alguma coisa porque eu não aguento mais isso". Racionalmente, Catarina percebia sua inadequação, mas fazia muito tempo que qualquer bom senso ficava muito atrás de sua necessidade de estar cada vez mais perto de Otávio. Por isso mesmo, com o cérebro bloqueado por sua obsessão, não percebeu que Otávio estava diferente com ela quando seguiram juntos para o ponto de ônibus. Em vez disso, faltou ao primeiro tempo de sua aula para assistir a uma eletiva na sala dele. Assim poderiam ficar mais tempo juntos. Otávio não disse nada.

Otávio também não disse muita coisa quando Catarina chegou com uma bicicleta nova, de última linha, para ele. Não era aniversário, não era Natal, não era comemoração de namoro. E, mesmo se fosse, era um presente caro. Catarina disse que tinha umas economias, jamais que havia vendido algumas joias da mãe, joias que tinham sido da avó e da bisavó. Se seriam suas um dia, que ela fizesse o que queria com elas. Para ela, Otávio tinha ficado mudo de emoção. Ela não sabia que o namorado estava achando tudo um pouco estranho.

Nesse dia, Catarina passou o dia todo na casa de Otávio. Almoçou, lanchou, esperou que ele fizesse os deveres deitada em sua cama, jantou, viu a novela enquanto esperava que ele tomasse banho e não atendeu a nenhuma das ligações da mãe em seu celular. Às onze, Otávio disse que iria se deitar, e Catarina perguntou se poderia esperar que ele adormecesse, ao lado da cama. Otávio pediu que ela fosse para casa. A mãe poderia estar preocupada. Ela disse que a mãe estava jogando com as amigas — e, não tendo mais o que dizer, ele fingiu que dormia logo para ela ir embora.

No dia seguinte, ela chegou à casa de Otávio muito cedo, mas a mãe dele disse que ele havia saído meia hora antes. Catarina desceu o elevador chorando. Sentia tanta falta dele que sentia dores. Ligou para ele, mas o celular estava fora de área. No ônibus, o dela tocou e ela correu para atender. Só podia ser Otávio! Não era. Era a mãe, perguntando se ela havia pegado as joias. Algumas haviam sumido. Catarina mentiu que nem sabia onde elas ficavam guardadas. A mãe, histérica, berrou que a faxineira era uma ladra, que chamaria a polícia, que armaria uma tocaia para ela. Catarina disse que o sinal estava ruim, que não estava entendendo nada. E desligou.

Catarina desembarcou no seu destino, que não era a sua faculdade — mas a de Otávio. Entrou, subiu as escadas e parou em um balcão de informações para saber onde era o departamento de engenharia. Lá, passou sala por sala, olhando pelo vidro, para ver se o encontrava. As turmas eram numerosas, ficava difícil achá-lo. Terminou os três andares cansada e mais sozinha do que nunca. Mas um milagre aconteceu: Otávio se materializou em sua frente. Voltava do banheiro. Olhou para a namorada como quem vê um fantasma. Catarina não percebeu. Abraçou Otávio chorando, como se uma tragédia tivesse acontecido. Como ele pediu explicações (para quê?, não estava claro que ela apenas não conseguia mais ficar longe dele?), Catarina inventou que havia sonhado com algo de muito ruim e precisava vê-lo. Tinha que ter certeza de que estava tudo bem. Tocá-lo, abraçá-lo. Você sabe que ninguém te ama mais do que eu, não é?

Otávio disse que não, ela não poderia assistir à aula com ele. O que é que tem? Ele pediu que ela não insistisse, Catarina avisou que o esperaria na saída, mesmo que demorasse muito. Diante disso, Otávio saiu mais cedo, depois do segundo tempo, e voltaram juntos para casa. Na porta do prédio, um carro da polícia. Catarina ainda chegou a tempo de ver Cida, a faxineira, sendo levada presa. A mãe, chorosa, na portaria, abraçou a filha e, magoada com a situação, nem perguntou por que ela já estava em casa àquela hora. Entraram os três no elevador e Otávio tocou o quarto andar. Catarina reagiu, em pânico. Por que ele não ia para a casa dela?

Se não fosse, ela iria para a casa dele! Otávio olhou para a mãe da namorada com um olhar de súplica e se fez entender. Ela pediu à filha que a ajudasse em algumas questões domésticas e foram para casa. Catarina, contrariada, foi direto para o quarto e abriu a persiana. Lá embaixo, na mesma hora, Otávio fechava sua cortina com certa urgência, quando olhou para cima. Por um segundo, os olhares dos dois se cruzaram. Ela deu dois passos atrás, assustada. Quando voltou, tudo já estava totalmente fechado.

Catarina caiu em si. Havia exagerado. Seu coração estava aos pulos, como se a morte estivesse em seu encalço. Tomou um calmante da mãe e dormiu. Sonhou que tocava violão e cantava para Otávio. A música mais linda, aquela que faria com que ele jamais a deixasse. Uma canção que revelava o amor em seu estado mais perfeito. Otávio se aproximava dela e botava a mão no peito. Seu peito se abria, o sangue jorrando. Com sua mão grande e máscula, ele pegava seu próprio coração, ainda pulsante, e entregava a ela, caindo de joelhos aos seus pés, segurando no violão para não tombar, até não resistir e estatelar-se de barriga para cima, os olhos verdes muito abertos, o sorriso da extrema felicidade no rosto.

Catarina acordou com a mãe chamando para almoçar. Mas passou o dia sem esquecer a expressão do namorado no sonho. Otávio era dela.

Deixou o dia passar sem procurá-lo, graças ao redutor da ansiedade. À noite, mandou apenas uma mensagem de celular: durma bem. Otávio não respondeu. A cortina lacrada. Catarina não dormiu. Inventou formas de distrair a dor. Recapitulou toda a história do namoro, leu um livro de poemas de amor, fez mais duas músicas para Otávio. Em uma, jurava que voltaria em todas as encarnações ao lado dele. Em outra, elogiava tudo o que se referia a ele, da voz aos órgãos internos. A mãe ouviu a música e bateu na porta. Catarina parou de tocar e esperou algum tempo para ver se ela ia embora. A mãe bateu de novo. Não era tão boba, sabia que ela estava acordada. Catarina destrancou a porta e ouviu que já eram quatro da manhã. Hora de ela estar dormindo, tinha aula cedo. O que estava acontecendo? Algum problema entre você e Otávio? Mãe, o que está acontecendo é que estou à beira de um precipício, chove, venta e não vejo um palmo diante do nariz, podendo cair a qualquer momento. Mas disse apenas que estava tudo bem e deixou que a mãe apagasse a luz.

Saiu cedo e esperou Otávio na esquina oposta ao caminho dele. Queria ver sem ser vista. Mas o namorado não saiu andando para o ponto de ônibus. Saiu do prédio de carro, com o pai e a mãe. Disfarçou atrás de um poste para não ser vista pela família e voltou ao prédio. No elevador, foi até o quarto andar e tocou a campainha do apartamento de Otávio. A empregada atendeu. Simpática, ela explicou que estava procurando um caderno e talvez tivesse deixado no quarto de Otávio. Entrou, foi até o quarto e voltou à cozinha, dizendo que tinha se enganado. Despediu-se, dizendo que não precisava acompanhá-la, bateria a porta. Na área, bateu a porta. Mas por dentro. E se meteu em um quartinho que era usado como despensa. Em meia hora, a empregada saiu às compras e Catarina correu para o quarto de Otávio.

Estar ali sozinha era incrível. Primeiro observou de longe, depois entrou, passou muito tempo lá, mas agora podia olhar tudo sem ser observada. Abriu as gavetas da cômoda sem cerimônia. Na primeira, só coisas da faculdade. Na segunda, papéis diversos, uma bagunça enorme, caixas de video game vazias, bolas de pingue-pongue, partituras de músicas amassadas. Na terceira, carteiras velhas, um celular que ele não usava mais, revistas em quadrinhos, de automóveis e uma de mulheres peladas que ela rasgou com raiva e colocou na bolsa.

Abriu o armário, cheirou as camisas, as cuecas, deitou na cama abraçada à suéter preta dele que ela tanto adorava e ficou ali por alguns instantes. Mas ela não tinha tempo a perder. Abriu gavetas de camisetas, cuecas, meias e achou na última, com shorts e sungas de praia, uma caixa. Tirou e achou ali cartas e fotos. A maioria antiga, com os pais, avós, em uma viagem aos Estados Unidos, outra a Salvador, onde ele estava já adolescente, festas de aniversário, amigos da faculdade. Cartões de Natal amarelados, cartas de amigos com letras ainda infantis, diplomas de conclusão de cursos.

Abriu o laptop de Otávio e entrou nos e-mails. Para sua sorte, ele deixava tudo logado. Piadas mandadas por amigos, avisos da faculdade, de professores, uma troca de mensagens com um tio de Minas, diversos spams. Uma mensagem de Samantha Andrade. Nunca tinha ouvido esse nome. Pelo menos trinta e-mails trocados. Começava com o pedido (dela) do conteúdo da prova de Cálculo e terminava com mensagens intermináveis sobre os problemas da faculdade, sobre o futuro, sobre a vida. E sobre Catarina. Com desespero, ela leu Otávio contando a uma colega aparentemente muito querida que sua namorada estava agindo de forma estranha: Não sai da minha casa. Tem me espionado pela janela. Parece me perseguir. Gostava muito dela, mas agora... não sei. Ele não sabia. Por fim, Otávio marcava um encontro com sua interlocutora. Para conversar mais. Naquela noite. Ali perto — mas não tão perto. Nove e meia. Catarina pensou que fosse desmaiar, mas ouviu a porta da cozinha abrindo. Fechou tudo e entrou no banheiro do corredor. Logo a empregada passou para o quarto dos pais de Otávio. Ela voou até a cozinha e de lá saiu do apartamento. Bateu a porta atrás de si e deu de cara com a síndica, Luzia, que morava em frente. Estampou seu melhor sorriso e foi para o elevador.

A noite chegou e Otávio não procurou Catarina. As cortinas sempre fechadas. Um silêncio que ela não merecia. Não suportava. Às oito e meia, disse à mãe que estava louca para comer um doce e iria à padaria comprar um pote de sorvete. A mãe pediu napolitano, depois trocou para flocos quando ela já saía pela porta. Andou para o lugar que leu nos e-mails. Otávio já estava lá. Parado, em cima da bicicleta, a mochila nas costas. Com os braços em torno do pescoço dele, uma moça de cabelos compridos esvoaçantes, rindo. Em menos de três minutos, se despediram — com um beijo. Um beijo. Daquela boca que era sua.

Voltou pra casa sem sorvete. A mãe reclamou. Catarina não respondeu, foi direto para o quarto e abriu a persiana. O quarto de Otávio vazio, escuro. Catarina precisava pensar no que fazer. Revelar a Otávio o que tinha visto era dar a ele a chance de se afastar dela. Não. Isso não! Otávio chegou, largou a mochila, tirou o tênis ainda desamarrado, a camisa e a calça. Já de cueca, olhou pela janela. Para cima. Catarina já esperava, então se afastou antes. Quando ela voltou a olhar, a cortina estava fechada. Era o símbolo daquele afastamento. Ela apertou as mãos até ferir a palma com as unhas. Queria gritar, mas seria pior. Foi até a cozinha e pegou uma garrafa de uísque, que a mãe tinha para servir às visitas. Encheu um copo e virou. Depois outro. E mais outro. Odiava álcool. Com a barriga vazia do jantar que não aconteceu, logo ela ficou tonta. E a embriaguez relaxou sua mente e lhe deu uma certeza que talvez sóbria não admitisse: seu amor por Otávio seria eterno. Nada importava.

No sábado de manhã, Otávio tocou na casa dela. Queria conversar. Catarina pressentiu a tragédia e inventou a doença de uma amiga da faculdade. Câncer aos dezoito anos. Estava arrasada! Suas lágrimas foram a barreira para que o namorado deixasse o assunto pra depois. Na semana seguinte, ele esperou que ela voltasse da faculdade e a chamou para almoçar no restaurante a quilo na esquina, para terem aquela conversa. Catarina foi, colocou duas garfadas na boca e correu para o banheiro. Disse que havia passado mal. Otávio a levou para casa em silêncio. Ele tentou mais seis vezes, Catarina, a seu jeito, fugiu. Já se viam pouco. Para poder estar com o namorado, ela vivia evitando estar com o namorado.

Em uma tarde de terça-feira em que já tinha chovido e feito sol, Catarina apertou o quarto andar com o coração gelado. Tocou a campainha do apartamento de Otávio. Ele próprio atendeu. Forjou um sorriso, deu-lhe um beijo seco. Estava sozinho. Catarina perguntou o que ele estava fazendo. Estudando, ele respondeu. Catarina foi direto para o quarto, ele foi atrás. Lá, a cama bagunçada, algumas roupas no chão. Nenhum sinal de livro ou caderno. Ela olhou para todos os lados, até que deu de cara com um par de brincos de estrela, em cima da mesinha de cabeceira. Foi até lá devagar e pegou. Virou-se para Otávio, que não confirmou o golpe. Disse que eram da mãe, explicou. Certamente ele a considerava uma idiota. Mas Catarina foi fria. Perguntou o que, afinal, ele queria tanto conversar com ela nos últimos tempos. Otávio pegou sua mão e pediu que ela se sentasse.

Otávio foi sincero, direto ao ponto: Estava gostando de outra. É o tipo da coisa que às vezes acontece. Você é uma garota muito legal, Catarina. Quero ser seu amigo. Otávio era mesmo bacana. Incrível, inteligente, talentoso. Continuaria sendo assim para sempre. Só não seria mais dela. Nunca mais. Nunca mais? Muda, sem aviso, Catarina se dirigiu para a porta de saída. Otávio, cuidadoso, foi atrás. Passaram pela cozinha e ali na pia, embaçada por uma catarata de lágrimas, ela viu a faca.

Os funerais de Otávio e Catarina foram no mesmo dia, no mesmo cemitério. Capela A, capela C. Se estivesse viva, Catarina odiaria a mulher da capela B, aquela que a separava de seu amor, seu vício, sua mania. A mãe de Catarina desviou seu caminho e seu olhar dos pais de Otávio. Envergonhava-se do que a filha tinha feito, sentia ao mesmo tempo saudade e revolta. Além de culpa. Já em casa, deitou-se na cama de Catarina, olhou as estrelas do teto — que já estavam ali desde que elas se mudaram — e reparou uma deformação na persiana da janela. Como se tivesse sido forçada por muito tempo. Aproximou-se e, da abertura que a dobra fazia, avistou, lá embaixo, três andares abaixo, o quarto de Otávio. A vista da janela de sua única filha por tantos anos. Agora, lá embaixo, ela podia ver a mãe de Otávio, que chorava, abraçada a um casaco do filho. O pai, inerte, segurava o violão. Era dor demais. Apagou a luz e saiu do quarto, dando as costas a tanto horror.

Doméstica

Santa nunca tinha sido mesmo, é verdade. Não era raro ela embolsar umas moedinhas do troco. Uma vez, tinha levado dois ou três desinfetantes para casa e chegou a usar uma blusa da patroa sem que ela nem notasse. Mas ladra não era. Não sabia dos tais dólares, se visse talvez pensasse até que era dinheiro falso ou de um dos jogos das crianças. Dois-mil-e-quinhentos-dólares! Era o que gritava a patroa pelo apartamento, abrindo e fechando gavetas, amassando toda a roupa que ela tinha acabado de passar naquela manhã. Isso até parar à sua frente, com ar desconfiado. Como assim, só podia ter sido ela?

Enfim, agora estava na rua. Não ligava muito. Ou menos do que esperava quando imaginava que um dia isso fosse acontecer. Emprego pesado, apartamento gigantesco, gente esnobe. Até as colegas do prédio pareciam ter um rei na barriga! O pior: nada de ônibus na porta, tinha que andar dois quarteirões. Isso quando não dormia, perdia o ponto e chegava atrasada. Na verdade, achava que a mulherzinha queria mesmo era vê-la pelas costas. Porque nem disse que daria parte na polícia pelo dinheiro sumido. Quem é que é roubado, desconfia de alguém e deixa por isso mesmo? Que se dane, se algum polícia vier atrás de mim, pode revistar o barraco que não tem nada, pensou.

Parou no boteco do Berimbau, no pé da favela onde morava desde que se entendia por gente.

— Fala, cumpadi Bê, me dá uma purinha.

— Que é isso, colega? São três e meia da tarde de segunda-feira! — falou o dono do estabelecimento, sotaque arretado do nordeste.

— Mandaí que eu tô precisada...

Virou de um gole só. Não, Berimbau não precisava de ninguém para ajudar. As contas nem estavam fechando. Pagou a cachaça e continuou a subida. Mais dois passos, a sandália arrebentou, virou boca de jacaré. Hoje não é meu dia mesmo, pensou. A mãe ficaria zangada. Estava guardando todas as economias para o casamento da irmã, contava com aquele salário mínimo que ela ganhava para ajudar na comida.

Jogou a sandália em um lixão enquanto pensava como é que a irmã, gorda daquele jeito, tinha conseguido um marido do asfalto, sócio de uma oficina e até que bonitinho. De que adiantava ter aquele corpão todo? Sucesso em nove entre dez canteiros de obra, rainha absoluta dos porteiros, só não era a primeira-dama do morro porque a mãe tiraria seu couro caso ela se metesse com o pessoal do movimento. Casamento com gente honesta não ia ser mole conseguir. A irmã, pelo jeito, já tinha pegado a chance daquela família.

Deu uma parada na banquinha de jornal para descansar o pé descalço e aproveitou pra folhear umas revistas de artistas. Era sempre a mesma coisa: alguém estava de namorado novo, um casamento tinha chegado ao fim, uma atriz dizia que vivia a melhor fase de sua vida e grupos de gente famosa comiam e bebiam risonhos em uma ilha maravilhosa em que ela nunca botaria os pés. Mas gostava de ver mesmo assim, dava um pouco de inveja, mas era mais ou menos como ver novela, porque parecia tudo ensaiado, coisa de mentira.

Não ligava a mínima se nunca saísse em revista: queria mesmo era ter algum dinheiro. Para quem contava os trocados para poder andar de ônibus, a ideia do que significava muito ou muitíssimo dinheiro era confusa e inquietante. Afinal, o que dava de verdade para comprar com os tais dois-mil-e-quinhentos-dólares da patroa? Ex-patroa. Um carro? Uma casa? Uma mansão? Dava para não trabalhar mais pelo resto da vida? O tal do dólar, ela sabia, valia mais do que o dinheiro brasileiro. Mas como é que ela fazia para conseguir umas notas como aquelas?

Sempre quisera uma boneca. Como toda menina. Só que há meninas que podem comprar. Ela não podia. Um dia a filha da vizinha ganhou uma de presente. Boneca mesmo, que abre e fecha os olhos e parece bebê de verdade, meio emborrachada. Não eram aquelas de plástico, que vendiam nos camelôs, não. Coisa que ninguém tinha por ali. A patroa da mãe tinha dado o dinheiro no aniversário da menina — que desfilou com aquela espécie de bolo cor-de-rosa com glacê rendado por todo o morro, o orgulho em forma de gente. Ela teve muita, muita dor de cotovelo.

Pois um mês atrás, na casa de família da qual tinha acabado de ser tocada como um cachorro, eis que ela estava jogando fora o lixo acumulado no fim de semana quando se deparou com olhinhos azuis que abriam e fechavam por baixo de um pote de margarina. Meteu a mão no meio dos restos de comida e tirou dali a boneca com que sempre tinha sonhado. Olha, eu achei na lata, será que foi engano?, ela perguntou à filha adolescente da patroa. Não. É que não queria mais mesmo.

Por Nossa Senhora dos Desassistidos, como diria sua mãe, mas por que não pensara em dar para alguém? Ué, se quiser, pode ficar — foi o que ouviu.

Não ficou com a boneca, não. Deixou no lixo. A ideia de que o sonho de alguém poderia ser lixo para outra pessoa causava nela uma estranha sensação de que o mundo estava mais de cabeça para baixo do que aquela lata que ela tinha descarregado na lixeira. Pensando nisso agora, imaginava que os tais dólares deveriam comprar sonhos mesmo. Desde aquele dia, os dela de alguma forma também desceram para o incinerador.

Desanimou. Preguiça de continuar andando, vontade de não chegar a lugar nenhum, nem de se mexer e muito menos de enfrentar a mãe com a notícia da demissão. Levantou-se nem sabia como, passou pelo mercadinho pulando em um pé só, galhofeira, para ver se o Benevides reparava. Talvez liberasse umas havaianas novas, em nome da admiração que tinha por seu falecido pai e, claro, pelo apreço descarado pelo seu bundão.

— Virou saci, bonitona? — sacaneou o filho da mãe.

— A sandália arrebentou.

Parou tentando puxar conversa na esperança do chinelo novo, mas o velho não tirava o olho da televisão.

Mais de um bilhão de mulheres no mundo — uma em cada três — foi espancada, forçada a manter relações sexuais ou sofreu outro tipo de abuso, quase sempre perpetrado por amigo ou parente. O relatório afirma que, nos Estados Unidos, uma mulher é espancada por seu marido ou parceiro a cada quinze segundos em média, enquanto uma é estuprada a cada noventa segundos — dizia, muito séria, a apresentadora gorda do programa.

Depois perguntava a cada uma das convidadas — atrizes que faziam ponta na televisão e que vira e mexe arrumavam filhos com jogadores de futebol. Ah, uma coisa horrível, uma violência absurda, em que mundo estamos, isto tem que acabar — repetiam umas às outras.

— Ô, bonitona, afinal mulher gosta ou não gosta de apanhar? — perguntou o Benevides, entre risadinhas, enquanto contava o dinheiro do caixa.

Ficou sem saber se mandava o babaca para aquele lugar ou não, mas aí perderia a chance de ganhar os chinelos de graça. O mar não estava mesmo para peixe, preferiu a segunda opção:

— Até que um tapinha não dói, mermão, mas só de macho dos bons.

O Benevides fingiu que nem ouvia, deu um meio sorriso e gritou algum pedido para dentro da loja. Então ela também fingiu que não ligava para a indiferença dele e seguiu com passo firme, como se as duas pernas estivessem na mesma altura. Só quando dobrou a esquina, voltou a mancar. Das pernas e do espírito. Já lacrimejando de raiva e pena de si mesma, largou o orgulho em um buraco cheio de lama que existia já na viela de sua casa desde que ela se entendia por gente. Meteu o pé fundo, primeiro o descalço, depois o da sandália mesmo, como se a terra fosse o mundo, como se um buraco do tamanho de um pneu contivesse tudo o que ela odiava. Pisoteou a lama, enlouquecida, como quem participa da tal festa da uva que ela viu na revista. As artistas amassando as frutas roxinhas, felizes, com suas saias levantadas e coxas malhadas à mostra, sorrisos de anúncio de pasta de dente e a memória de todas as bonecas que tiveram e jogaram no lixo porque podiam ter outra, mais nova, mais bonita, que não só abria os olhos, mas fazia xixi e cocô e dizia mamãe; descalças com as unhas feitas de pés massageados como as fotos também mostravam, em seus roupões muito brancos e felpudos. E imaginou aquela brancura toda suja da lama que ela espalhava e pisava, como se pudesse pisar tudo o que ela detestava e que a ofendia — não por ser quem ela era, mas por ter que passar pelo que vinha passando. E por não ter saída.

Olhou em volta, ruas, ladeiras, vielas, becos, a favela cheia de passagens estreitas levando a lugar nenhum, caminhos para o mesmo destino. A pobreza, um labirinto: anda-se pensando em chegar ao fim até perceber que está no mesmo lugar. A vida em círculos.

Suja e cambaleante, adentrou o barraco vazio e caiu na cama de colcha. A mãe e a irmã só chegariam à noite. Ainda tinha tempo de dormir um pouco. Como não fazia desde menina, quando a mãe a obrigava, rezou um Pai-nosso sem concordância verbal e pediu que tivesse sonhos bons. Ao menos isso ela tinha que merecer.

Indecisa

Era devota de Santo Antônio. Mais devota impossível. Por isso, estava ali, ao pé do altar, pedindo o que era seu de direito: orientação. Por uma bússola na vida, rosa dos ventos certeira, placa de pare-e-siga na encruzilhada que a vida tinha lhe armado. Santo Antônio não havia de negar. Não era o pedido-padrão: casamento. Não. Isso ela já tinha e o problema era justamente esse.

— Meu santo, meu santinho, devo aceitar? Imagino que tal coisa nunca lhe tenham perguntado, tamanha a correria por um altar... Mas eu lhe imploro: arrume um intervalo na função e me dê uma luz, a luz que mereço por minha devoção.

Conhecera o rapaz na roça onde morava, no hotel fazenda da tia. Já no serviço do café da manhã, tinha percebido uns olhos a segui-la. Moço da cidade, mãe viúva, unhas bem-feitas como nunca tinha visto entre os matutos dali. A eventual ajudinha doméstica à irmã da mãe tinha virado trabalho duro por uns trocados que, se Deus quisesse, virariam em breve uma televisão para o quarto. Manhã, tarde e noite arrumando mesas e lavando a interminável louça dos hóspedes. Valia a pena. Assistir à novela sozinha, sem a avó falando alto e o irmão jogando buraco com os amigos na sala era um sonho que ela sabia possível. Mesmo que para isso tivesse que estragar as mãos.

— Você mora aqui?

Era na novela que pensava quando o rapaz chegou à lavanderia. Engenheiro formado, pai empresário, avô senador, bisavô ministro de Estado, tataravô senhor de engenho.

Para encurtar o caminho, mal o Natal chegou, o promissor rapaz aterrissou em sua casa, mãe a tiracolo e um anel de noivado. Seria final feliz para qualquer moça em sua situação. Mas não para ela. Tinhosa desde o berço, como repetia a mãe, tinha um desejo secreto ainda maior do que a televisão à beira da cama: o dono da padaria, português cinquentão que a tinha pegado no colo, pai de crianças que andaram com ela de pés descalços pela rua. Aos seis anos, tinha se encantado com seus olhos.

— Ô, mãe, como é que uma pessoa tem olho verde? É alguma coisa que ela come? — Em meio a tantos morenos, caboclos, mulatos, mamelucos, a louridão do padeiro parecia o Sol depois de madrugada chuvosa.

— Vou casar com seu pai — prometeu baixinho enquanto a amiguinha chorava a morte da mãe.

Dali em diante, tocou a vida como se tudo estivesse escrito. Não que o padeiro lhe desse bola. Tratava-a normalmente. Mas, acreditava ela, não recusaria alguém para passar sua roupa, ajeitar sua comida e aquecer seus lençóis. Agora, porta-joias com o anel no aparador da cozinha, ti-ti-ti da vizinhança e ela nem podia ver a novela em paz. Dia e noite, há mais de uma semana, a mãe enchia seus ouvidos. Precisava dar uma resposta ao rapaz. Logo. Questão de educação. Quero não, obrigada — era o que gostaria de dizer. Mas não era a resposta certa, diziam todos os que julgavam que poderiam lhe dizer alguma coisa. E não eram poucos.

Foi então que pensou em Santo Antônio. Era a imagem que estava na cabeceira de sua cama quando teve uma estranha febre ainda bebê. A mãe rezou e foi atendida. Foi o santo que deu uma forcinha no concurso de rainha da primavera e na rifa do rádio toca-fitas da festa junina. Enquanto as amigas rogavam por namorado, ela se especializou em pedir a Santo Antônio que a ajudasse a achar coisas perdidas da família. Era bom nisso. Foram incontáveis anéis, brincos e laços de fita desaparecidos em gavetas, agulhas da avó, dadinhos de futebol de botão do irmão e garrafas de cachaça do pai que a mãe escondia.

— Santo decente não ajuda a achar bebida! — gritava a mãe, enquanto o pai já partia para o segundo copo. Decente ou não, o santo nunca tinha deixado de ajudar. E ela, jamais, de agradecer. Rezava, cumpria pequenas promessas, conversava com ele sempre que podia. Mandou limpar a imagem que tinha no quarto, reformar a mãozinha quebrada de uma queda, lustrar o pedestalzinho gasto pelo tempo. Estava em dia com o santo, não restava dúvida. Pois que ele a ajudasse agora. Deveria aceitar a proposta de casamento do jovem engenheiro ou seguir o que acreditava ser seu destino, como segunda esposa do padeiro?

— Só o que peço é um sinal. Mas coisa fácil, direta, nada que eu tenha que prestar muita atenção em detalhes. Sim ou não, isso ou aquilo.

Levantou-se satisfeita com o colóquio e partiu em retirada da igreja onde em breve poderia estar se casando. Com um ou com outro. Juntou na sacola as moedas para comprar as batatas que a mãe tinha pedido e cumprimentou o sacristão que voltava fedido do futebol. Na porta, apertou os olhos por causa do sol. Quando recobrou a visão normal, quase caiu para trás. Em carne, osso, porte de galã e olhos verdes, o padeiro atravessou a rua. Sorriu para ela, deu uma corridinha e entrou na casa lotérica. Mas ela é que tinha tirado a sorte grande!

— Meu Santo Antônio, obrigada! Sinal mais fácil e direto eu não poderia ter. Muito obrigada!

Até hoje pensa nesse dia mágico. Céu e terra se uniram, ela sentiu a vida nas próprias mãos. A fé que até então tinha servido apenas para os problemas domésticos se materializava diante de seus olhos. Foi feliz por alguns dias. Antes da Páscoa, negou o pedido de casamento do moço da cidade — para desgosto geral. Mas sequer teve tempo de planejar o bote ao homem que fora escolhido pelo divino para ela. Diante da primeira fornada da madrugada, o português foi achado caído. De enfarte mais fulminante nunca se tinha ouvido falar na cidade. Foi o pai quem lhe deu a notícia quando voltava para o desjejum com as mãos abanando. A padaria tinha se transformado em capela, onde já velavam nada menos do que seu futuro marido.

Revoltada, traída em sua devoção, estéril de crenças, ela nunca se casou. Não se lembra mais do que fez da imagem de Santo Antônio. Procura esquecer também o que fez da vida depois disso. Não teria muito mesmo do que se lembrar. Aos oitenta anos, sozinha, evita rezas e desdenha sinais. Dos tempos idos, resta apenas a televisão. Com o aparelho à beira da cama, como ela sempre sonhou, fruto de trocados de uma miserável aposentadoria, ela acompanha com afinco todos os finais felizes.

Pombagira

Entrou no quarto a tempo de ver que ele mexia em seus sapatos. Mais uma vez. Não entendia bem o motivo, mas desde cedo aprendeu que cada louco tem mesmo suas manias. Um dia, porém, desabafou com a vizinha, que caiu na gargalhada:

— Meu finado marido fazia o mesmo. Quer saber se tu andaste por aí durante o dia. Desconfia de ti...

De fato, a cena se repetia quando ele chegava do trabalho, tarde da noite. Do corredor, viu mais de uma vez o marido quase encostar o nariz em suas sandálias. Cheirava, passava a mão de leve, depois esfregava um dedo no outro. Achou que ele poderia estar enlouquecendo, mas preferiu não perguntar nada. Era uma questão de ângulo: não seria difícil alguém achar que a louca era ela. Sabia que falavam dela na rua. Bairro de militares reformados e esposas submissas com seus sofás com capas e férias em Cambuquira.

Mas não podia ser diferente. Sentia aquelas coisas desde pequena. Ausências. Não se lembrava de nada: sabia apenas que saía de si mesma, como um intervalo na existência. Não que desmaiasse, longe disso. Uma vez de volta, pouco lhe contavam. Diziam apenas que ela fazia e dizia coisas estranhas. Os pais levaram ao médico. E ao padre, claro. Já tinha dezesseis anos quando uma meia-irmã de sua mãe, que ela só via nos Natais, apareceu na porta de sua escola e disse que ia levá-la a um lugar especial. Viajaram duas horas de ônibus e desembarcaram em uma casa do subúrbio.

— É um pai de santo. Vai te ajudar, filha — disse a tia, diante de seus olhos arregalados.

Não era medo ou curiosidade. Apenas o pressentimento de que, entre todos os lugares do mundo, era ali que ela deveria estar.

Hoje a memória falha quando ela tenta se lembrar dos acontecimentos. O pai e a mãe discutindo, a meia-tia no meio, as provas da escola perdidas, o quarto pequeno onde ela ficou muitos dias, fechada. A cabeça raspada, cortes no corpo, a solidão. Ao mesmo tempo, a paz. Daí em diante tudo virou do avesso, e a vida de antes ficou para trás. Não passou muito tempo antes que aquela casa fosse sua vida. À escola ela não voltou mais, já sabia do que precisava. A mãe morreu, o pai mudou de cidade. Mas sua família já era outra, pouco sentiu a ausência daqueles que a tinham colocado no mundo.

Foi em uma festa de Cosme e Damião que conheceu o marido. Aos vinte anos, nunca tinha tido namorado. Não por ingenuidade ou timidez, mas por falta de chance. Pois a chance tinha chegado. Ele elogiou sua maria-mole, ela contou sua vida. Em menos de um ano, casaram-se. Mudou-se com ele para uma casa a dois quarteirões — e pela primeira vez gostou das coisas deste mundo.

Agora arrumava a roupa passada nas gavetas com pressa para ir ao centro quando o marido chegou. Estranha hora, cedo demais.

— Que surpresa! Por pouco você não me pega em casa — disse ela.

Ele pareceu não ouvir. Olhava a casa inteira, como se procurasse alguma coisa. Quando finalmente parou, partiu para cima dela:

— Tinha alguém aqui com você?

— Aqui? Não...

— Posso jurar que essa casa está com cheiro de homem!

Não havia muito que ela pudesse dizer. Nenhum argumento funcionaria. Estava cego. Mas não mudo. Por quase meia hora desfilou as mais completas injustiças, sugeriu traições, gritou palavrões. Ela ouvia calada, não por submissão, mas por segurança. Não queria mais que ela trabalhasse, bradou, por fim. Estava proibida. Mulher que passava muito tempo fora de casa não fazia boa coisa. Foi a vez de ela se enfurecer. Não se tratava de trabalho, mas de uma missão. E, mesmo que fosse um emprego comum, não havia motivo para ficar em casa.

— Essa história de mãe de santo é boa é pra acobertar vagabundagem — atacou ele.

Foi a senha para acabar com a paciência que ela vinha cultivando. Nunca havia dado motivo para desconfiança. Não era ela que chegava em casa bêbada, de madrugada, e que costumava sumir do mapa nos dias de folga. Não era ela que lhe negava um filho. Ele parecia não ouvir nada. Espumava com a verdade atirada na cara. Ela pegou a bolsa e foi para a porta:

— Não tenho tempo a perder com bobagens!

Já na esquina, ainda escutou os desaforos do marido:

— ... E pensa que eu não sei que ficar encarnando Pombagira é desculpa pra se esfregar em tudo que é homem?

Mal conseguiu dar as consultas da tarde. Distraída, pegou o ônibus errado. Chegou em casa quase às dez. Ele dormia com a televisão ligada. Roncava como um porco. Ao contrário do que costumava fazer, deixou-o no sofá. Tomou um banho e deitou-se. Foi quando lhe veio a ideia. Só faltava pensar uma isca. Mas, do jeito que ele estava, não seria difícil.

Acordou de bom humor. Ele tomava café na cozinha. Não se cumprimentaram. Percebeu que a xícara estava quase vazia e pôs o plano em prática.

— Oi, Joana — gritou para a vizinha que não estava no quintal, mas ele não tinha ângulo para saber. — Você não tinha me perguntado? Pois hoje é dia da Pombagira lá no centro...

Dali entrou no banheiro e quando saiu ele já não estava. Passou o dia colocando ordem na casa. Às quatro da tarde saiu. Atendeu algumas pessoas e começou a preparar a festa. Tinha certeza de que ele ia aparecer, mesmo que escondido. Para confirmar se ela estava mesmo lá, ou para tomar conta, ver o que ela fazia na pele da Pombagira.

Mas ele não chegou escondido. Às sete da noite deu as caras. Simpático, falou com os presentes e apenas olhou para ela, que já se preparava. Era hora. Em segundos, virou outra mulher, anunciada com inconfundíveis gargalhadas. De vermelho e negro dos pés à cabeça, brincos dourados, dançou sobre os vidros no chão sem cortar nem um milímetro do pé, bebeu litros de cachaça. Zombou de tudo e de todos, deu conselhos, gritou palavrões. E, como era esperado, insinuou-se para cada macho presente. Foi aí que, para a surpresa de todos, ele explodiu:

— Está me achando com cara de quê? Você engana toda essa gente aqui, mas a mim não!

Partiu para cima da mulher, mão em riste. Mas não chegou a fazer nada. Paralisado em suas vontades, mudo, ele se afastou da entidade à sua frente até parar no meio da roda. Ali, colocou a mão nas cadeiras e, aos poucos, começou a rebolar. A Pombagira subiu em um banco e puxou palmas. Ele requebrou até não poder mais, rosto assombrado de não ser dono do próprio corpo, em meio aos risos gerais.

A Pombagira gargalhava. E, quando ela foi embora, a mulher que a abrigava continuou a gargalhar, ao saber do acontecido. Naquela noite, fizeram o filho que ela queria e nunca mais tocaram no assunto.

Noiva

No meio das trinta e duas casas de botões do vestido, alguma coisa espetava suas costas. O incômodo fazia seu corpo produzir pulinhos imperceptíveis a olho nu, mas que já lhe causavam uma irritação inadequada para um dia tão especial. A mãe entrou no quarto, olhou, sorriu e saiu. Ficou mais uma vez sozinha com o espelho e a ansiedade.

Achou que o ar-condicionado estava gelando demais. Desligou. Pensou na lua de mel no Caribe, sentiu calor: ligou de novo. Sentou-se. A espetada de novo. Levantou-se. Chamou a costureira, que se refestelava no sofá da sala.

— Não há nada, filha, nem alfinete, nem renda nas suas costas, e as casas dos botões estão fechadinhas. Você está é muito ansiosa... Quer uma revistinha de palavras cruzadas?

Aceitou só para não ser mal-educada. Sentou-se. Ai, o espeto nas costas. Não levantou desta vez. Abriu a revista: *Passatempo para uma só pessoa, no qual se fazem diferentes combinações com cartas do baralho, seguindo determinadas regras, nove letras.* Fácil: paciência. Teve que rir. Era tudo de que ela precisava naquele momento. Não o jogo, mas a virtude. A verdade é que ela nem sequer sabia o que esperava. Não fazia questão de que a hora chegasse. Aguardava apenas o tempo passar. Um tempo intransitivo. A mãe entrou no quarto, sorriu e saiu.

Olhou pela janela. Breu total: tinha anoitecido sem ela perceber. Recapitulou o que a esperava: casório, festa, hotel, aeroporto, lua de mel. Entre sua vida até ali e tudo o que viria, o silêncio do quarto que era seu desde que tinha nascido. A marca de cola dos adesivos no vidro da janela. O teto manchado do estouro do champanhe bebido escondido com as amigas. A escrivaninha que nunca usava, já que preferia fazer os trabalhos da escola e escrever os intermináveis diários esparramada na cama. O espeto nas costas, meu Deus! Tentou se coçar esfregando as costas na parede. Tirou o véu. Desligou o ar-condicionado. Colocou o véu.

Voltou a olhar pela janela. Como será que a mente humana é afetada por uma paisagem repetida milhares de vezes durante a vida? A rua de casas, o terreno eternamente baldio, a pracinha com a goiabeira no meio —

seu circuito oval particular, por onde andava de bicicleta horas a fio. A criança que ela tinha sido acreditava que pensaria melhor se estivesse pedalando. Porque, enquanto pedalava, narrava — mentalmente ou em voz baixa — histórias, aventuras e jogos, situações em que a heroína era sempre ela mesma. Será que existe alguma conexão direta entre o movimento das pernas e um melhor funcionamento cerebral? Ou seria o movimento contínuo, a evolução do espaço? Sim, porque hoje era no volante de seu carro que ela mais buscava a direção para a vida — embora sua existência, ela achava agora, estivesse em plena contramão. O pedalar mental esquentou seu corpo. Ligou o ar-condicionado e deitou-se um pouco na cama. Logo levantou. Ia amassar o vestido. A mãe entrou no quarto, sorriu e saiu.

Já havia alguns meses que ela não sabia se queria mesmo se casar. Mas os convites já estavam encomendados e o vestido, feito. Juntou a isso o medo enorme de ficar sozinha e seguiu em frente. Até aquele momento parecia assistir à sua vida do lado de fora — de camarote, com visão espetacular, mas interferências impossíveis. Mas só até ali: vestida de noiva em frente ao espelho, não se reconhecia como senhora de suas próprias vontades. Mas tampouco como alguém capaz de uma virada aos quarenta e cinco do segundo tempo. O espeto nas costas — nas costas inteiras —, os espasmos involuntários do corpo! Desejou fugir dali: sumir do mapa. Mas ela sabia que não faria nada daquilo, nem se tivesse ao alcance das mãos uma bicicleta que lhe acelerasse as vontades sufocadas. Pensou em fingir um desmaio, simular uma dor de barriga, puxar o vômito. Gelada, apavorada, minúscula de coragem, ajoelhou-se por um milagre.

A mãe entrou no quarto. Mas não sorria.

O noivo tinha mandado dizer que não vinha.

Em meio a um susto virado do avesso, dispensou porquês e curiosidades. De um só fôlego, prometeu a si mesma: aquilo nunca mais. Nunca mais beijo sem paixão, flor sem perfume, desejo contido ou falso perdão. Nunca mais valores caducos, regras retrógradas, amor sem tesão ou viver sem razão.

Então foi sua vez de sorrir e sair.

Ansiosa

Se eu pudesse pedir ao tempo, diria que corresse, ela pensou. Não há solidão maior do que a da espera. Contou os pingos d'água da torneira vazando. Aumentou o furo do estofado com o dedo. Roeu as unhas. Arrancou as peles dos cantinhos dos dedos até sangrar. Comparou as rachaduras das paredes aos afluentes do Amazonas. Juruá, Purus, Madeira, Tocantins... A casa precisava de obra e ela, de conserto. Brigavam muito, isso era certo. Ele saía, batia a porta. Ela ficava e esperava. Ele sempre voltava. Pelo menos até agora. Foi até a janela: o domingo oco da rua vazia espezinhava, humilhava. O cheiro da feijoada já a deixava enjoada. Ainda estava separando o feijão quando explodiram, berrando ao mesmo tempo o que o outro não conseguiria ouvir. Vomitaram facas pontudas como aquelas com que ela tinha cortado as laranjas seletas.

Agora, o banquete quase pronto, o motivo de tudo já tão pequeno e nem sinal dele em qualquer uma das esquinas.

O rádio de pilha alternava o pagode e o sertanejo. Sem sintonia. Como ela. O coração batia com um estranho chiado, rouco de ansiedade e de medo. E se ele não voltar desta vez? O que vai ser de mim? O que vai ser desta casa? E, por fim, o que fazer com tanta comida? Desviou a atenção para o verde da couve, um tom acima do normal. Acendeu a luz sem necessidade, como que para apressar a noite teimosa. O carro ficou aqui — sinal de que ele voltaria. Ou que pelo menos não foi longe. O cheiro da roupa que ele deixou no sofá tomou conta da casa. Ou seria o da feijoada?

Ela tomou um banho. Colocou um vestido leve. Estava esfriando, inventou. Trocou de roupa e de pele. De casulo se tornou borboleta e voltou a mexer a panela sem ritmo. Tudo tinha um cheiro só, uma só cor e um mesmo compasso. O da espera.

Sentou-se na poltrona. Agora era Penélope, eternamente a bordar. Mulher de Atenas. Fêmea das cavernas. O que quer que o destino lhe reservasse. Só para esperar a volta daquele que tinha ido embora. Costurando, rezando ou esquentando a carne na fogueira. De espartilho bem apertado, toga e sandália trançada. Ou seminua de pele de animais. Não se importava se ele iria chegar logo ou demorar a vida inteira. Esperar era seu desejo, felicidade e cura. Expectativa e ansiedade eram sua vida. Se ele nunca chegar, os dias serão vagarosos, a rotina a tomará pela mão e ela andará de joelhos por escadarias de templos desejando que ele apareça. O ritual de sacrifício em nome desse reencontro tornaria sua alma tranquila de obrigações e preencheria seu coração de esperança.

À noite, ela sufocaria sua vontade de amar um homem mordendo o travesseiro ou a carne dura assada na fogueira. Passaria as mãos sobre o próprio corpo querendo que fossem as dele, sabendo exatamente aonde ir, como ele sempre soubera — ou como ela, que nunca havia sido de mais ninguém, sempre achou que ele sabia. Pela manhã voltaria ao papel de mulher extremada e resignada com a espera que expulsava o vazio de seus dias.

Já na antessala do sono, cercada de devaneios, o rangido do portão chamou sua alma de volta. Sutil ruído, mas aos seus ouvidos tinha a dimensão de um coral de anjos. Aleluia. O alívio da chegada é remédio, antídoto e borracha. Suspirou. Se pudesse pedir ao tempo, diria que congelasse.

Romântica

Faltavam dois dias para seu décimo sexto aniversário, quando se ouviu falar do eclipse. A cidade toda se preparou para ver o tal fenômeno.

— O dia vai virar noite! — Ouviu no botequim quando foi comprar cigarros para o pai.

— Será que o mundo vai acabar? — perguntou Aspásia, na véspera, enquanto colocava a mesa do jantar.

Antes da sobremesa, o pai já tinha explicado cientificamente — ou pelo menos foi assim que lhe pareceu tudo o que ia acontecer:

— A Lua fica em uma rara posição entre a Terra e o Sol, e esconde o disco solar. Então podemos ver apenas uma coroa, um grande anel de luz. A olho nu! — comemorava, copo de vinho ao alto.

Mal dormiu à noite. Tentou estudar para a prova da semana seguinte, adiada por causa do eclipse. Fez força para terminar um livro. Mas nem o romance que a fizera ficar com o coração aos palpites, dias antes, era mais excitante do que o tal fenômeno. Escreveu poucas linhas no diário: *Acho que é uma espécie de milagre. Milagre de acontecer e milagre de toda essa gente poder ver. E eu também. Ainda me lembro do cometa que passou quando eu era pequena. Lembro-me de que ele passou, não dele. Porque o cometa mesmo eu nunca vi. Fizeram a maior festa, teve barraquinha com lembrancinhas da passagem. Eu ainda tenho um copo com o cometa desenhado. Mas ver mesmo...*

Dormiu ouvindo rádio baixinho e acordou com notícias sobre o eclipse. Lembrou-se do sonho. Brincava na neve. Talvez houvesse alguma conexão entre os assuntos. Ela também nunca tinha visto neve e morria de vontade.

— Uai, o Sol e a Lua não vão se encontrar? Vai ver um dia neva por aqui também! — sugeriu Aspásia, enquanto tirava a mesa do café, ignorando a tropicalidade da região.

Nove e vinte. Estranho estar em casa àquela hora. Já seria quase hora do recreio, se aula houvesse. Ainda faltavam mais de duas horas. Andou até a casa das primas. Lá o assunto não era o eclipse, mas o circo que chegava à cidade. Deve ser falta de homem em casa, pensou.

— Os artistas são franceses e italianos, dizem que são lindos! — informava a tia viúva, enquanto espancava a massa do almoço.

Coisa mais estranha um circo chegar justo no dia do eclipse. Coisa mais estranha as primas estarem mais animadas com palhaços e trapezistas do que com uma raridade da natureza, um quase milagre. Coisa mais estranha logo naquele dia ela ter acordado com vontade de ser mais bonita. Era por isso que estava lá: queria o vestido azul-claro que a prima mais velha tinha comprado na cidade, junto com o enxoval de casamento.

— Está com uma manchinha no lado direito da cintura, mas não aparece muito...

Pegou assim mesmo. Levou para casa e vestiu. No espelho, achou-se digna de testemunhar o tal encontro do Sol e da Lua, como acreditava Aspásia. Ora, os dois vão estar tão longe, vai ser tudo ilusão de quem olha. Foi tomar banho, perfumou-se com leite de rosas e colocou sapato baixo. Vai que ela precisasse subir em algum lugar para ver o fenômeno?

— Não vai precisar trepar em nada, minha filha! É só parar e olhar pro alto — garantiu o pai, por trás do jornal.

Ainda uma hora de espera. Na cozinha, Aspásia preparava papos de anjo.

— Amarelinhos, não é que parecem o Sol? — brincava a cozinheira, papando um doce.

83

Mordeu um pedaço de rosca e riu. Parecia a Lua. Foi quando separava o feijão para matar o tempo que sentiu a rajada de vento. Gelou. Aspásia olhou pelo basculante:

— Ih, o tempo está virando...

Correu para o quintal afobada. Onde estava o céu azul de quando tinha acordado? Estava branco, nuvens espessas. Algumas já cinzentas. Chamou o pai.

— É... Com esse tanto de nebulosidade, vai ser difícil ver qualquer coisa...

Não podia acreditar. Então aquilo que só acontece uma vez na vida e outra na morte, o quase milagre que ela esperava, aconteceria por trás das nuvens? Os sete minutos dos quais ela lembraria para toda a vida, e poderia contar aos filhos, aos netos, aos bisnetos... reduzidos a nada? Igualzinho ao cometa — passou e ela não viu. A Lua encontrou o Sol, mas as nuvens, talvez invejosas, não deixaram ninguém ver.

Foi para a rua. Quem sabe em um lugar diferente não conseguiria ver um pedacinho de céu? Bem que procurou, mas, quanto mais andava, mais parecia que o tempo fechava. Olhou no relógio: faltavam apenas dez minutos. Na porta da sorveteria, dois colegas da escola também olhavam para cima, ar desapontado. Da janela da prefeitura, um grupo, binóculo na mão, fazia muxoxo.

— Melhor desistir, menina — aconselhou o dono da mercearia, não escondendo o ar de deboche.

Há muito não se sentia tão triste. Um vazio se abateu sobre seu coração como se fora a falta de um ente querido. Enquanto ia andando sem saber para onde, contava os paralelepípedos do chão e se perguntava quando a vida teria graça de novo. Bom era viver olhando lá na frente uma coisa boa. Riscar a folhinha com ansiedade à espera de um dia especial chegar. Havia sido assim com a excursão ao Palácio Imperial e também com sua festa de quinze anos. Mas o eclipse tinha sido uma espera infértil. Agora seriam a escola, as provas, um dormir-e-acordar lento e tedioso.

Voltava para casa tentando se animar com a ideia dos papos de anjo de Aspásia quando ouviu a música. Do outro lado da praça, tudo era cor. Papel picado caindo do alto, fitas esvoaçantes traçando o céu cinzento, pessoas diferentes de tudo que ela já vira, cercadas de cada vez mais pessoas que ela estava cansada de ver. Correu com os sapatos baixos até a outra ponta da rua para chegar mais perto. Vasculhou cada canto da festa ambulante que desfilava diante de seus olhos até chegar ao carro do trapézio de onde vinha o Sol. Louro, forte, iluminado, roupa vermelha que ofuscava seus olhos nublados, ele sorriu na direção dela. Não. Sorria para ela mesmo. E assim foi, até o carro dobrar a esquina seguinte, quando ele acenou com a cabeça como quem convida a seguir em frente.

Em segundos deu-se o eclipse de sua dor. Não havia mais pelo que lamentar. O vazio de momentos antes tinha se transformado na alegria por estar ali, linda, de vestido azul-claro comprado na cidade e sapatos baixos que lhe permitiram chegar antes de todos à barraca dos ingressos. Como um cometa. Aquilo, sim, era um raro encontro.

Bela

Tinha sido bela — isso tinha sido, sim. Inteligente, não podia afirmar. Generosa, temia que não. Feliz, já não dava para dizer.

— É bom ser tão bonita?

Não sabia responder à pergunta da amiga de infância, uma indagação amarelada na memória. Hoje ela ainda não saberia responder, mas naquele momento nem imaginava do que a menina estava falando. Só aos poucos o espelho foi revelando aquela dádiva. Ver a si mesma refletida era tão inebriante quanto contemplar o mar ao entardecer ou perder horas a fio admirando o caleidoscópio do avô. Melhor ainda — mas isso ela só descobriu depois — era se ver nos olhos dos outros. Cresceu desfrutando o prazer de interromper conversas e desconcentrar afazeres por onde passava. Se no início se intimidava com a reação que causava até à menos observadora das criaturas, um dia passou a se divertir com os efeitos de sua aparição, até chegar ao ponto em que não reparar na sua existência era uma espécie de ofensa a Afrodite.

Namorar não foi fácil. Não que não houvesse pretendentes, claro que havia. Às pencas. Difícil era escolher, diante daquele vasto universo de seres embasbacados, tão cegos que se desproviam de personalidade. Todos tão iguais. Fiéis, dedicados, românticos, apaixonados. Homens de antolhos. Diferenciá-los se fazia urgente. Já que pelo sentimento era impossível, passou a separá-los pelo que poderiam lhe dar de concreto. Foi então que tudo começou. E foram tantos presentes, de sorvetes, serenatas e caixinhas de música a vestidos de seda, joias e viagens pelo mundo.

Todos eram agentes de sua vontade e prazer. Já se perdia em seus próprios desejos, misturava-os com a vontade alheia que no fundo era ela mesma: a bela, maleável e amorfa criatura, receptiva a todo convite e a qualquer toque. Embora fossem o combustível de seus passos, não lhe seduziam o dinheiro ou o poder, mas o olhar do outro sobre si. Eu desejo o seu desejo — era o que ela dizia, em silêncio, a quem se aproximava, ansiosa por se transformar em ímã humano, esfomeada por trazer à tona paixões irreversíveis e, quem sabe, trágicas. Sim, porque nem sempre a devoção, o amor, o afeto eram suficientes.

Não queria ter o que qualquer mulher poderia conquistar. Manipulou destinos, incitou traições com simples olhares, estimulou duelos físicos e emocionais que por vezes terminavam com a morte, do corpo ou da alma. Culpas ou remorsos não faziam parte de seus sentimentos, embriagada que estava pela ideia de que pairava acima do bem e do mal — não por vontade própria, mas por uma seleção natural da espécie. Tão cega ela passava seus dias que deixou o amor ir embora, porque não reparava nos homens cujo olhar não era guloso ou patético. E ele a olhou procurando o que estava por trás, um ar curioso destoante de seu catálogo perceptivo. Perdeu, assim, o encaixe perfeito, o milagre mundano que, em vez de levar aos céus, fincaria seus pés na terra da felicidade. Isso, claro, se ela não estivesse apaixonada por si mesma.

Foi em um dia de manhã que ela percebeu que alguma coisa tinha mudado. O tempo havia passado bastante, como é que não percebeu? Desta vez, não foi o espelho o seu arauto, mas o tal olhar do outro que não se deteve nela como deveria. Sentiu-se perdida pela primeira vez, a terra firme se fez solo arenoso. Mas caminhou, ainda, por muito tempo, embora com uma dificuldade crescente. Quanto menos se via refletida na face de quem passava, menos se olhava no espelho. Um dia pensou ter esquecido sua própria imagem, da mesma forma com que era ignorada pelo mundo. O tempo tinha passado realmente. Cobriu-se de maquiagem. Não para tentar resgatar a beleza, mas para disfarçar a que ela já não tinha. Uma máscara — era o que usava todos os dias ao sair de casa para atividades inúteis e enfadonhas. Pelo menos para quem, no passado, havia feito de cada dia uma festa de coroação.

Rainha tinha sido, sim. O resto não podia afirmar. Foi o que pensou naquele dia, ao fechar o último trinco de sua grossa porta de jacarandá e se dirigir ao banheiro. Na pia, em frente ao espelho por pura necessidade, passou removedor de maquiagem nas dores, gel redutor nas angústias, loção fixadora nos nervos, creme esfoliante nas culpas, adstringente nos erros, hidratante no nó da garganta — e então chorou, borrando o rosto, o corpo e o espírito.

Desperta

Sábado. Pouco mais de nove horas da manhã. O potencial de uma manhã de sábado é um dos maiores motivos para a felicidade de um ser humano. O domingo, não: a manhã de domingo já exala cheiro de contagem regressiva para a volta ao real, ao sufocante e anunciado desastre que é a vida das pessoas comuns. Mas era sábado. De manhã. Se tudo em volta desabasse, já seria um motivo para ser feliz. Pelo menos até meio-dia.

Entre dormindo e acordada, em uma cama tradicional comprada em beira de estrada, ela via a sonhada cama de tatame — estrado quase no chão, bordas trabalhadas — cada vez mais longe. Sonhada a dois, é preciso que se diga. Genuínos sonhos a dois são como milagres sobre a Terra. Ela pelo menos achava assim. O edredom desnecessário que cobria apenas parte de seu corpo causava calor maior do que o que ela tinha sentido na noite anterior. Noite em que ele a negou três vezes, como Pedro fizera a Jesus, ou talvez quatro, e ela tivesse se esquecido de uma delas para que agora a cama de tatame não dobrasse a esquina da esperança para nunca mais voltar.

Mexeu o corpo em disparada para fugir dos pensamentos ruins que a assolavam: bandidos, torpes, covardes devaneios. Sonhos maus acordada envelhecem mais do que o Sol sem protetor que ela se preparava para tomar ao levantar da cama onde o edredom causava mais calor do que o que ela tinha sentido na noite anterior. Quando ele a olhou como nunca havia olhado antes e disse o que nunca havia dito e provavelmente pensou o que ela jamais havia imaginado que ele pensaria sobre eles. Ou pelo menos não tão rápido. Não era para ser assim, não podia ser assim, um amor abortado já em período de risco, como um broto pisoteado em pleno florescer. Não era a hora, não era, de aquele amor morrer. Ou mesmo de começar a morrer.

Como se não bastasse ser uma manhã de sábado, também estava calor. Não um calor qualquer. Sol do verão de sua cidade, o lugar para o qual provavelmente essa palavra tinha sido inventada. O espaço do mundo onde essa estação invade as outras sem pedir licença. Foi à janela e procurou por uma nuvem que fosse. Em vão. O céu azul brigava com o verde das montanhas repletas de antenas e ela sabia que atrás daquilo tudo estava o mar. O amor por sua cidade suavizou suas tristezas.

Era um daqueles dias de luz especial, levemente prateada, e uma quentura que arrepia a pele. Nesses dias de umidade relativa do ar em plenitude, aumentava sua tendência à irresponsabilidade. Virava camicase de plantão: queria dirigir sem cinto, ultrapassar sinais vermelhos e transar sem camisinha. Além de andar sem calcinha quando usava saia — o que já fazia há tempos. Uma cidade que tem dessas coisas, para o bem ou para o mal. Do parapeito do último andar do prédio no bairro alto, via as ruas em curva, uma coisa linda, longe do xadrez das localidades planas. Admirava a topografia sinuosa, morros que têm de ser contornados, o não à coisa simétrica. Vai e vem, sobe e desce. A cada curva, um horizonte diferente.

— Para o Rio e para a vida, nada de regras e retas! — gritou, pela janela, sabendo que, no fundo, estava sem rota. Largou a janela disposta a encontrar uma qualquer.

Frente ao espelho que sempre fora seu velho provedor de autoestima, mirou os olhos inchados e desejou a tal máquina do tempo, um clichê dos mais comuns, quando tudo que agora vai mal já foi paraíso um dia. Os olhos lacrimejaram, mas segurou, com medo das olheiras que mais tarde talvez já não permitissem que o espelho fosse seu velho provedor de autoestima. Olhou o corpo de frente e de costas, e o Sol que entrava pela janela mostrou que no dia anterior ela tinha mentido ao comentar, displicente, que não tinha nenhuma estria. Estrias brilham ao sol. Era o recado que o espelho mandava: talvez ela devesse procurar sua autoestima em outro lugar.

Vestiu um short e uma camiseta-souvenir de um lugar onde ela jamais estivera. Lavou o rosto com água gelada. Queria se livrar das olheiras. Desejou ter pepinos para aplicar sobre as pálpebras como sempre tinha visto nas revistas, mesmo sabendo que mulher-de-revista jamais tem olheiras ou estrias ou camas de tatame tentando completar cem metros rasos em segundos para virar a esquina e nunca mais voltar. Invejava as peles de pêssego e as barrigas esticadas das modelos das revistas femininas, os olhos de cores que não existem, o ar de segurança em cada semblante, mesmo sabendo que eram filhas dos filtros, das luzes, computadores, retoques, manobras. Ainda assim, invejava a falsa perfeição.

Antes, porém, que ela desejasse virar um ser humano de papel, viu as marcas que ele havia deixado em cada canto da casa e, mais ainda, em seu corpo moído. Lembrou-se de todas as vezes em que ele a desejou três vezes, como um Pedro às avessas, dono de pincéis atômicos a lhe colorir o ventre, as coxas, o coração. Recordou as frases que até então ela duvidava que pudessem sair de uma boca masculina. Então descobriu que sempre é possível pedir desculpas. A ideia de pedir perdão, ato corriqueiro — bíblico! — invadiu-a como uma revelação.

Por que não banir o irreversível da minha vida? — indagou, já de costas para o espelho. Exilar a ideia de que não se pode voltar atrás. Suavizar certezas. Enaltecer dúvidas, usá-las a seu favor. Comemorar qualquer mudança e nunca, nunca!, temer o imponderável.

Então saiu de cabelos desgrenhados — como não costumava fazer — e foi ver o sol. Procurar em algum lugar sua velha autoestima, sem espelho, medos ou certezas, sabendo que, de algum jeito, eles iam se reencontrar e, se tudo que é para ser, realmente fosse, a sonhada cama de tatame — sonhada a dois — ainda estaria lá. Mesmo que fosse para ela dormir sozinha.

Entregue

Há dias que foram feitos para se morrer em vida. Dias para se mover os músculos um mínimo possível. Olhar o horizonte com olhar perdido e esquecer a comida ainda não mastigada dentro da boca. Dias para mexer os dedos do pé devagarinho, apertar as mãos fechadas com força e prolongar as piscadelas dos olhos. Em dias como esses, ela sabia como ninguém que o tempo passa mais devagar e o céu nunca está totalmente ensolarado. O chão parece menos firme como aqueles colchões moles de escola de criança, difíceis de andar como a areia da praia. O horizonte parece mais longe, o mar certamente é mais fundo, as nuvens não formam desenhos e os cantos dos lábios secam de preguiça verbal. Há dias em que o que era bom se esvai e o que era ruim fica estranhamente incontornável. O paladar é neutro, a audição é surda, a visão embaça e sobra um tato mentiroso de coisas sem relevo ou relevância.

Olhou os remédios na mesa de cabeceira, mas desta vez não os tocou. Olhou para as próprias mãos, cruzadas no colo. Mãos de velha, pensou. Olhou o quarto e a disposição de cada coisa, achou que a simetria parecia a de um quadro antigo de cujo pintor ela não se recordava mais. Impressionistas. Gostava deles e de suas pinceladas nervosas, mas que estranhamente formavam um conjunto tranquilo. Quase sorriu. Da ideia do Renoir da moça com sua sombrinha, surgiu o desejo de tomar banho de sol. Sufocou a vontade e tornou a se virar para os comprimidos na mesinha de cabeceira. Dois azuis, um amarelo, um vermelho. Como confetes de um carnaval antigo, de canções que não tocam mais, de um tempo que não voltará.

Quem dera pudesse perder a memória, sua maior inimiga, adversária que ela não podia derrotar. Como ceifar as lembranças que invadem a mente e — pior — o coração? Não respeitam hora, lugar, sono, condição, nada. Por que não lhe deram um remédio para parar de pensar ou uma fórmula de esquecimento? Sonhava com uma lobotomia qualquer que a desligasse de si mesma, do que já tinha sido e principalmente do que era agora. E o que era agora, afinal? Um arremedo de gente, sondas pelo corpo, cicatrizes de intervenções, alma sequestrada pela doença de um corpo.

Fechou os olhos, tentou dormir. Em vão. A ciranda de lembranças continuava. O tom do azul da camisa preferida do pai, o cheiro da canjica na casa da avó, os desfiles de moda que promoveu. Os aplausos. As revistas. Frases. Frases. Frases. A voz da mãe. Sua própria risada — um som muito distante de sua realidade. Mais frases. Qual o maior ato de coragem do mundo? — perguntaram-lhe uma vez. Não demorou para responder: não corresponder àquilo que esperam de você. De certa forma, era o que ela fazia agora. Todos contavam que lutaria. Engano. Dava a si mesma o direito de desistir. Insistir só vale a pena quando há uma recompensa no final, seja ela qual for. O que ganharia agora por brigar com a doença que a consumia? Nada podia ser recuperado, restavam-lhe apenas olhares de pena. Odiava a compaixão. Execrava a bondade que nascia das relações desequilibradas. Ninguém é tão bom com aqueles que fazem sucesso, ganham dinheiro, sobem na vida. Fácil é gostar de quem está por baixo, dos fracos, dos que não oferecem resistência ou combatividade.

Por isso ela sempre gostou de gatos, seus companheiros de uma vida inteira. Seres que ela admirava, independentes, fortes, fechados em seus próprios interesses. Fiéis na solidão e no silêncio.

Já entardecia quando ela reparou, de novo, os comprimidos coloridos que já deveriam ter sido ingeridos havia mais de uma hora. Não passaria muito tempo e alguém viria saber se ela já tinha tomado aqueles pequenos passaportes para o inferno. Pegou todos de uma só vez. Enrolou no guardanapo que sobrara do almoço. Fez uma pequena bolinha apertando uma mão contra a outra. Assim ficou por alguns minutos, enquanto embaralhava e desembaralhava lembranças. Há dias em que não há dias, pensou, mas apenas arremedos de horas. Minutos sem segundos e milésimos escondidos debaixo da unha. Que doem sem sangrar jamais. Com toda a pouca força de que ainda dispunha, jogou a bolinha pela janela. Então liberou um largo sorriso e adormeceu.

Analista

— Então a gente continua deste ponto semana que vem. Podia parecer, mas não tinha sido uma pausa. Quer dizer, uma pausa que significasse o fim do assunto ou pelo menos de parte do assunto. Apenas tinha tomado fôlego para continuar o raciocínio. Claro, já eram sete e cinco, outro paciente estaria na sala de espera, também ansioso para botar tudo para fora. Então até quinta-feira que vem, bom fim de semana. Já sabia, pelos três meses que frequentava aquele divã, que jamais começava de onde tinha parado. Como tudo mudava em uma semana, as prioridades se sobrepunham, as grandes questões perdiam a validade em sete dias e enfrentavam a pequenez de serem arquivadas nas gavetas da mente, muitas sem jamais sair dali novamente. Claro, outras saíam ainda maiores. Piores. Como sua história dos roubos. No fim de uma sessão em que chorava sua derrocada financeira, terminou por destampar do inconsciente o fato de ter sido uma criança cleptomaníaca. Era a mãe sair para o trabalho de manhã e ela corria para a gaveta do dinheiro. No meio da lingerie, cruzeiros de todas as cores. Pegava as de valor menor e comprava pequenos objetos de desejo, como meias coloridas de lurex e perfumes de gente grande.

Pois tentava se lembrar das marcas dos perfumes quando veio a frase:

— Então a gente continua deste ponto semana que vem.

Tá bom, o paciente na sala ao lado, a pontualidade, o profissionalismo. Mas será que sua trágica descoberta não merecia uns dez minutos extras? Nunca recomeçou daquele ponto. Já fazia mais de um mês e nunca tinha voltado ao tema. Nem havia sido perguntada sobre o assunto. Será que tinha se esquecido? Não era esse tipo de coisa que de vez em quando ela anotava em um bloquinho? Ou seriam compras de supermercado? Ela abrindo o coração sobre o período de carência adolescente, quando a mãe foi fazer um doutorado em São Francisco e, nas anotações, alho, desinfetante, xampu anticaspa e preservativos! Começou a fazer análise por causa da crise dos quarenta. Ainda estava com trinta e seis, mas tinha o dom da precaução. Nunca deixava para amanhã o que podia fazer hoje. Naturalmente que por essa lógica poderia ter começado as sessões aos quinze, mas o fato é que um dos motivos para procurar um psicólogo tinha sido também sua mania de planejar tudo com antecedência, seu desespero diante dos imprevistos. Ou seria a morte da mãe, que deixou este mundo sem que elas reatassem uma briga de anos? Ou o envolvimento do filho mais velho com drogas? O que fosse. Era claro que precisava de ajuda.

Havia coisas que ela não tinha coragem de dizer e pensava se era muito prejudicial ao tratamento. Sabia que estava pagando caro pelas consultas, tinha deixado a ioga para economizar, mas não havia jeito de contar que durante um bom tempo, nem tão longe assim, costumava comprar revistas masculinas e se masturbar vendo mulheres nuas. Ela não era lésbica — claro que não —, mas como convenceria a psicologia disso depois de um relato assim? Tinha sido uma fase. Uma estranha fase, que ela explicava a si mesma como uma espécie de confusão sensorial, um tipo de fuga da realidade torta que ela vivia. Diante dos problemas do filho, da morte da mãe, da penúria financeira depois da separação, o último assunto que merecia tomar conta das preciosas sessões era esse. Mas ela se perguntava se o tratamento era como um quebra-cabeça e qualquer pequena peça que faltasse impedia que se atingisse a completude da figura. Sentia-se mais ou menos assim desde o primeiro dia: entrou na pequena salinha em pedacinhos, desfigurada. A cada sessão dava uma nova peça ou muitas novas peças. Noutras, porém, sentia que tirava algumas. Em alguns dias era um quebra-cabeça infantil, de vinte peças. Em outro se transformava em um gigantesco puzzle importado de mil peças, daqueles que, depois de pronto, coloca-se em uma moldura para enfeitar o escritório. De uma forma ou de outra, será que jamais teria alta se escondesse uma ou outra pecinha?

Convivia também com o inferno da dúvida sobre a eficiência daquilo tudo. Verdade que, se médicos se preparam para realizar milagres, como operar um feto ainda no ventre materno, psicólogos poderiam ter realmente a capacidade de consertar a cabeça de um ser humano. Mas questionava: eles não passavam a vida dentro daquela salinha. Tinham problemas em casa, dor de barriga, insônia, sofriam por amor e acordavam de mau humor. Se ela tinha dias sim, dias não, a mulher para quem ela desfilava sua vida também tinha. E como ficar ouvindo atentamente os problemas dos outros assim? Mais: como saber as inserções corretas, no tempo perfeito, para aprofundar assuntos ou levantar lebres inconscientes? Se frases como: "e o que você acha que ele achou disso?" ou "você pode falar um pouco mais sobre isso?" servem apenas para figuração de um monólogo, então ela estava realmente falando sozinha! A questão é: será que falaria sozinha se não fosse obrigada? Será que pensaria nas coisas da vida da forma concentrada, buscando alguma lógica, se não estivesse pagando para isso? Não, com certeza. É como a velha história de fazer ginástica em casa. Compram-se bicicleta ergométrica, pesinhos e aqueles trambolhos de ajudar a fazer abdominais e em um mês está tudo entulhado na garagem ou em cima do armário. Pois seus problemas estariam também jogados em alguma gaveta, esperando para serem vomitados, coisas que ela não faria nunca sem estímulo externo.

Por um tempo decidiu que anotaria, ao longo da semana, tudo o que queria falar na sessão seguinte. Desistiu quando percebeu que anotava coisas como a obsessão por macarrão gelado e o tique de puxar os erres como gente do interior em algumas frases. Tinha medo de produzir um tratado de defeitos e neuroses e ficar ainda mais deprimida. Melhor o improviso mesmo, embora a ideia da lista tivesse surgido depois de uma sessão em que ficou em silêncio quase todo o tempo. Não sabia bem o motivo, mas o fato é que durante uma hora achou que tudo que vinha passando era pequeno e contornável e durante aqueles sessenta minutos de céu de brigadeiro imaginou o que poderia estar fazendo com o dinheiro que deixava todo dia trinta de cada mês. Uma poupança para ir ao Taiti, uma reforma na cozinha, sapatos caros. Antes de chegar em casa, o mundo já estava cinza novamente e ela tinha perdido tempo com devaneios.

Devaneios. Divã-neios. Riu com o trocadilho enquanto estacionava o carro para mais uma sessão. Como sempre, não lembrava em que ponto tinha terminado. Também não sabia de que ponto queria começar. Causava-lhe engulhos o ar superior com que muitas vezes suas histórias eram recebidas. Como se fosse uma tia de jardim de infância, pensou. Daquelas que perguntam, didáticas: *Você sabe por que está de castigo? Sabe bem o que fez de errado, não?* O tom complacente, o meio sorriso de dona da verdade. Argh! Mulher de plástico. Para piorar, a paciente anterior demorou mais do que o normal para acabar. Entrou na salinha com cara de poucos amigos. Sentou-se no divã. Esperava o cenário de sempre: de um lado, o ritual do desenrolar de novelos emocionais; de outro, a esfinge de profissionalismo que o cargo exigia.

Estava errada.

Antes que pudesse dar bom dia, a mulher à sua frente desabou. Atropelava as palavras, transbordava de desculpas, tremia (maravilhosamente, para ela) descontrolada. Não poderiam ter a sessão, o motivo não vinha ao caso, que fosse perdoada pela falta de antecedência, no horário anterior não tinha conseguido prestar atenção a uma palavra, sabia que não estava sendo profissional, temia pela imagem que estava mostrando diante de uma paciente, mas a vida era assim mesmo, todos têm seus dias ruins e, por fim, isso nunca, nunca tinha acontecido antes e jamais, jamais se repetiria. Sorriu tranquila diante do discurso — o mais longo que tinha ouvido daquela mulher — e disse apenas que estava tudo bem. Pegou a bolsa e saiu, em um misto de surpresa e satisfação. Não faltaria a nenhuma sessão, para o resto da vida.

Decidida

A sala estava lotada. Homens e mulheres, idades das mais variadas. Diferentes nas roupas e trejeitos, idênticos na ansiedade, afoitos de curiosidade. Todos esperavam por um sonho. Tão comum, o desejo padrão de quase toda a humanidade. A maioria não se olhava ou pelo menos tentava não dar muita importância ao resto do grupo. Pareciam competir, ao mesmo tempo que buscavam algo comum. Ela sonhava com um homem. Não importava o rosto: queria que fosse carinhoso, que pudesse dividir com ela dias e noites, momentos bons e maus, uma vida. Alguém sobre quem ela pudesse derramar todo o amor represado no peito. Não economizaria em gestos, palavras, olhares, atitudes. Quanto a ele, esperava que ele lhe ensinasse o que quisesse ensinar. E, se nada ensinasse, que a confortasse com um corpo quentinho e uma companhia doce.

Imaginava momentos de pura alegria, mas não estava iludida. Sabia que haveria a tristeza, o silêncio, a falta de sintonia, como em qualquer mundo a dois. Estava ali para encontrar esse alguém, mas sabia que o fim da sua busca não significava a chegada ao paraíso. Não. Era sozinha, mas ouvia as histórias de amigas, sabia onde estava pisando, mesmo que fosse em tese. A maioria tinha problemas, muitas vezes por causa do velho ciúme. Uma delas chegou a cair em depressão por alguém que aprontou até não poder mais. Chegava tarde quase todos os dias. O pior: quase sempre bêbado. Bateu nela uma vez. Mas não queria pensar nisso agora. Estava resolvida a não ter medo. Não pretendia ser possessiva, queria dar a ele toda a liberdade de que precisasse. Previa longas conversas, investir na confiança. Não desistiria até que chegassem a um ponto comum. Uma vizinha que também não estava feliz com a vida que levava chegou a rir de seu otimismo. Não importava. Tinha fé que conseguiria.

Quando a palestrante entrou, ela se empertigou na cadeira da primeira fila. Não queria perder uma palavra. No meio de tantos conselhos e caminhos para se achar alguém, porém, ela se perdeu em imagens idealizadas. Os dois na madrugada, juntos, bem pertinho. Correndo na praia, ouvindo música, dançando juntos. Tentou se concentrar. Claro que era importante saber cada passo para acertar, não bastava sua infinita boa vontade.

Até poderia dizer que não era marinheira de primeira viagem. Muito tempo antes, ainda nova, quase tinha acontecido. Estava estudando ainda, fazia os primeiros trabalhos, mas por um momento lhe pareceu que poderia fazer tudo ao mesmo tempo. Aquelas coisas que o frescor da juventude faz a gente achar que pode, pensava agora, até sorrindo. Foi logo alertada pelos pais de que era cedo demais, nem havia terminado os estudos, teria a vida toda para se amarrar. Não precisava ser naquele momento. Um convite repentino para estudar no exterior e ela se convenceu de que era mesmo precoce. Passou três meses na França, um inverno interminável e solitário que a fez pensar em como estaria sua vida se não o tivesse dispensado. Certamente estaria com menos frio, sempre dizia a si mesma, com o bom humor que nunca lhe abandonava de todo.

O tempo passou, ela trabalhou, estudou mais, ganhou dinheiro, comprou sua casa. Vivia cercada de amigos e amigas, não era seu estilo se fechar. Um dia, porém, um alarme tocou. Já tinha quase um ano, mas ainda se lembrava: esperava a troca de um pneu na oficina e um flashback no rádio a transportou para quinze anos antes. As certezas daquele tempo pareciam longe, a ideia de que tudo se resolvia por si mesmo na vida de cada um lhe pareceu um tanto idiota. Naquele dia não foi trabalhar. Ficou em casa, olhou fotos de família, ouviu discos antigos, à cata do que havia deixado para trás. Ao fim do dia, sabia que agora seria a hora certa.

Mas não era tão fácil assim, coisa que se resolva em um estalar de dedos. Foi então que uma amiga lhe indicou um caminho. E agora estava ali, diante de um grupo enorme de pessoas desconhecidas atrás de uma solução para o mesmo vazio que ela tinha no peito e na vida. Firmou a atenção em uma mulher um pouco mais velha. O olhar no horizonte. Como ela, não prestava atenção à palestra, mais parecia viajar por um mundo distante, talvez tão cheio de certezas que viraram dúvidas e dúvidas que nunca partiram, tudo isso misturado ao mistério do que estava para vir. Exatamente como ela. Sentiu-se menos sozinha, em especial quando cruzaram o olhar e ela deu um leve sorriso. Engraçado, pensou, porque, sob um certo ângulo, somos até concorrentes. Antes que desviasse o olhar, a mulher sussurrou algo. Fez que não entendeu. Ela repetiu. Concentrou-se nos lábios: "Menino ou menina?" "Ah... menino", sussurrou de volta. A mulher fez um sinal de que preferia o oposto. Engraçado, nunca tinha chegado a pensar em menina. Antes que começasse a avaliar a possibilidade, a palestrante agradeceu a atenção e saiu. Uma assistente assumiu seu lugar em frente ao grupo e pediu que todos formassem uma fila. Quando chegou sua vez, preencheu mais uma vez seus dados pessoais e entrou em uma salinha, onde três pessoas lhe fizeram poucas perguntas. Depois foi para casa.

Por três semanas ficou com a respiração suspensa. Cada telefonema poderia ser uma resposta. Foi numa manhã de segunda-feira, após um fim de semana solitário, que a resposta chegou. Seu filho tinha acabado de nascer. Sem sangue, cortes nem dor — mas com prazer comparável a um ato sexual —, vestiu-se correndo e foi conhecê-lo em um orfanato de subúrbio. O antigo sonho de ser mãe estava prestes a sair da sala dos sonhos.

E foram felizes para sempre.

Namorada

Então seu coração chegava ao ponto de partida. Mais uma vez. Quando tinha dez anos, leu em um livro que o amor era desistir do bife maior. Não se importar de ficar com o menorzinho, cheio de nervos. Era ver o amor mastigar o bife grande e macio e salivar com ausência do dito-cujo na própria boca. O prazer pelo prazer alheio. Era o que dizia o livro — do qual ela não se lembrava mais. Agora até duvidava se tal livro realmente havia existido. Talvez ela tivesse ouvido coisa parecida em meio à tagarelice cruzada da grande família na casa cheia do almoço de domingo. Família remediada de dinheiro e abastada de frases feitas, julgamentos e provérbios que martelavam na sua memória. Mais vale um pássaro na mão do que dois voando. Aqui se faz, aqui se paga. E não adianta chorar sobre o leite derramado.

Ela já chorara demais sobre o leite derramado. No rádio da vizinha, Chico Viola atacava de "Feitio de Oração". *Quem acha vive se perdendo/Por isso agora eu vou me defendendo/Da dor tão cruel de uma saudade/Que por infelicidade/Meu pobre coração invade...* Um dia, criança, tinha desejado saber o que era saudade e todos os reveses do amor. Não sabia que era assim, tão dolorido. Mas agora descobria que era sempre possível recomeçar.

Deixou a varanda onde havia esperado tantas cartas. Haviam sido horas de uma suave ansiedade, roer de unhas, enrolar de cachos, contagem de pastilhas do chão gasto de pisadas seculares e implacáveis esfregões. A família, que tinha mania de provérbios, tinha também a de limpeza. Então ela nunca sabia se as pastilhas eram cento e trinta e quatro ou cento e trinta e cinco. Chegava uma hora em que a vista embaralhava. Mas, com sorte, antes disso a carta chegava. Quem espera sempre alcança, assegurava o pai.

Ela, que tinha nome de flor, esperava, na verdade, dois homens. Mas até então lhe parecia que esperava um só. O outro era apenas aquele que lhe fazia sorrir ao chegar.

— Você gosta de ser carteiro, José? — perguntou-lhe uma vez, enquanto ele procurava na bolsa a carta do outro.

— Eu gosto de caminhar pela cidade e adoro ver as pessoas sorrindo ao me ver. Então acho que gosto de ser carteiro, sim, Rosa. Ah! Achei a carta do Reinaldo, olha aqui!

— É Ricardo, José... O nome é Ricardo...

— Ah, é... Eu sempre troco nomes... Sabe que ontem eu entreguei uma carta errada?... Era para um tal Décio Abranches aqui da Rua Conde de Bonfim e entreguei a um Aécio Sanches da Dias da Cruz, lá no Méier... O nome parecido me traiu... Até que eu conseguisse desfazer o erro...

Já não interessava a troca de nomes ou itinerários. Rosa já tinha sorvido metade das palavras do namorado, que se mudara do Rio de Janeiro para o Rio Grande do Sul três meses atrás. Pai militar. Rosa tinha chorado o que alguém podia chorar. Maldissera o infortúnio, o futuro sogro, o comandante militar do Leste, o ministro do Exército, o presidente Vargas e Deus. Por dez dias, depois da partida de Ricardo, faltou ao curso normal e anunciou à família que não queria mais ser professora ou abraçar qualquer outra profissão. Queria, é claro, morrer. No décimo primeiro dia era carnaval e as primas a chamaram para o Cordão do Bola Preta. Suspirou. Depois foi. Vestida de colombina cor-de-rosa, preferiu as marchinhas que falavam de amores perdidos e estrelas solitárias. A saudade, afinal, tinha seu glamour, Rosa pensava. No décimo quinto dia, era quarta-feira de cinzas e chegava sua esperada carta de amor. E, com ela, José, o carteiro. Sempre de bicicleta, o jovem tinha o sorriso largo e perfeito. A voz era doce e sua simples presença era um consolo nos dias em que a correspondência era apenas de contas a pagar e documentos para o dono da casa.

— Da próxima vez chega alguma coisa pra você, Dona Rosa...

— Dona Rosa, não. Senão vou ter que te chamar de Seu José.

— Ah, então está bom... Rosa. Também prefiro assim...

— E seguia ladeira abaixo, sempre assobiando alguma canção popular de sucesso da Rádio Nacional.

Ricardo, o namorado, era lindo. E não eram os olhos da amada. Antes de pedi-la em namoro, tinha sido cobiçado pelas primas e por algumas amigas de Rosa, que finalmente o conquistou. O Sol não nasce para todos, brincava a prima Marilene. Centroavante dos juniores do Fluminense — time de toda a família de Rosa —, era um dos melhores alunos da Faculdade Nacional de Direito e tocava os clássicos no piano, para deleite de mãe, avós, tias e vizinhas da namorada. Na verdade, Ricardo era a paixão de uma família inteira, de uma vizinhança inteira, da Tijuca inteira. Nem precisava ter os olhos azuis, Rosa sempre pensava.

Longe dos olhos, mas perto do coração, sempre repetia Tia Pequetita. Ricardo se transformara de presença em espera. Um dia a espera virou quase passatempo e então o passatempo se travestiu em quase prazer. A bicicleta dobrava a esquina sempre entre três e meia e três e quarenta e cinco da tarde, a buzina a fazia sorrir e a prosa corria solta entre destinatária e mensageiro, que por momentos ignoravam mensagem, o remetente e até o tempo.

— Você conhece o carteiro que faz as entregas na casa dos artistas da Nacional?

— Não. Mas me disseram que o próprio Cauby Peixoto sempre abre a porta...

— É mesmo? Que simplicidade...

Bicicleta ladeira abaixo e só então Rosa se lembrou da carta. Abriu, sem pressa. Mas dessa vez não saboreou. Leu tudo de uma vez, em um só fôlego. E então perdeu a respiração. Quatro meses e dezenove dias de sua partida e menos de dez após a última carta apaixonada, Ricardo tinha se enamorado de uma gaúcha, vizinha, também pianista. Sentia muito. Ora, quem sentia muito era ela. O lobo em pele de cordeiro, diria Tio Abelardo.

Rosa tinha chorado o que alguém podia chorar. Maldissera o infortúnio, o ex-futuro sogro, o comandante militar do Leste, o ministro do Exército, o presidente Vargas, Deus — e ainda a maldita imigração alemã e italiana que tinha feito do sul do Brasil um lugar recheado das moças de beleza mais alva e rara. Por dez dias depois da fatídica carta de Ricardo, faltou ao curso normal e anunciou à família que não queria mais ser professora ou abraçar qualquer outra profissão. Queria, é claro, morrer.

Dessa vez não havia carnaval. Mas no décimo primeiro dia chegaram as férias de meio de ano. Foi para Ipanema, na casa dos tios e das primas preferidas, na Rua Montenegro. Passeou à beira-mar com cara de enterro e tomou sorvete no Moraes como quem bebe cicuta. Na esquina da Nascimento Silva teve uma crise nervosa e só um corte de tecido novo da Casa Alberto a fez voltar a sorrir. O tempo é o senhor da razão, disse-lhe o Tio Fernando, naquela noite.

Férias findas, dentro do carro do pai, de volta à ladeira da Rua Ângelo Agostini, ouviu a buzina da bicicleta. Estranhamente, o barulho ainda soava como sinos de catedral. Mas não há mais cartas, pensou, enquanto o Studebaker estacionava e a mãe saía de casa para saudá--la. Ainda dentro do abraço materno, avistou o saudoso sorriso na casa em frente. José! Foi quando a história do amor e do bife lhe voltou à mente. A imagem dos belos dentes do carteiro mastigando o pedaço maior e mais macio fizeram sua alma cantar.

— Filha você está com uma cara ótima. Finalmente! Depois da tempestade, a bonança! — E a mãe espalmou as mãos, levando-as aos céus.

— Águas passadas não movem moinhos, mãe... E ninguém morre de véspera! — brincou.

Eram três e quinze da tarde do dia seguinte quando ela se sentou na varanda onde havia esperado tantas cartas.

Não roeu as unhas, não enrolou os cachos com ansiedade. Sequer contou as pastilhas do chão. Para quê? Não havia dúvidas sobre o que estava para chegar. Não era papel, nem tinta, nem notícias do que era distante e cada vez mais desconhecido. O que ela esperava tinha carne, osso e cheiro de grandes expectativas. Firmou os pés nos rococós do portão de ferro como quando tinha uns dez anos e ali ficou, rosto na brisa, olho na ladeira. Até que o ouvido escutou. Era buzina de bicicleta. Deus escreve certo por linhas tortas, diria ela mesma, pelo resto da vida.

Morta

Estranho ângulo, esse, de se ver o mundo. Mais engraçado ainda saber que estão me vendo assim. Mas, claro, ninguém parece achar engraçado. No começo foi o silêncio. Silêncio e aquela luz que todo mundo contava que aparecia. Mas o tal do túnel não tinha, não. A luz era de uma cor que não há. Nem azul nem amarelo nem branco nem lilás, algo no meio de todas essas, cor de vazio, diferente de transparente, além do translúcido, a cor que o cego vê. Só vendo para saber. Só morrendo para ver.

E eu tinha morrido. Falecido, desaparecido, desencarnado, passado dessa para uma melhor, batido o pino, subido aos céus. Cada um deu a notícia de um jeito.

— Sabe a vizinha do 304? Bateu as botas. Tão nova, um mal súbito.

Dali do terceiro andar vim direto pra cá. Em casa foi só o tempo de me vestirem. Para mim, que sempre escolhi minhas roupas, não foi fácil aguentar a combinação da saia preta com blusa roxa. Não é porque morri que preciso parecer um cardeal. Se pudesse falar, pediria pelo vestido rosa-claro que usei nas bodas de prata ou o conjunto branco do último réveillon. Ninguém se lembrou de me colocar brincos. Nem um colar para contar a história. Pior foi quando o homem que dormia na minha cama havia mais de trinta anos tirou minha aliança do dedo. Na certa, já tinha alguém para dar. Foi só nessa hora que tive raiva de estar morta. Revoltada por ter ido primeiro e deixado o descarado sem culpa de aproveitar a vida.

Agora, aqui deitada, fico a pensar por que me cobriram de monsenhor. Uma flor que sempre detestei. Será que não dá para cercar defunto de rosas rosa-chá? Flores do campo? Margaridas amarelas? Sorte estar morta, não preciso sentir o cheiro nem sorrir agradecida.

Qual será a graça de ver o rosto dos mortos? Eu nunca soube, fingia que ia ver o corpo e olhava só para as mãos, juntinhas no peito. Melhor lembrar da pessoa viva. Mas descubro agora que nem todo mundo pensa assim. Tem gente que entra na capela e vem direto, quase correndo. Claro que eu não consigo ver ninguém chegando — só vejo teto e a fuça de quem vem me olhar —, mas os passos rápidos denunciam a morbidez. Chegam, reparam em tudo. Alguns choramingam, outros fazem o sinal da cruz, mas muitos só olham. Um olhar que não diz nada, não revela qualquer sentimento. Leio no rosto deles que a maioria fica apenas imaginando como deve ser estar ali. Morto tem a capacidade de ler rostos: é um sentido que se ganha quando se batem as botas.

Pois estar aqui é muito, muito desagradável, podem acreditar. Algodão no nariz, por exemplo. Nem desencarnada deixei de ser alérgica e, se morto espirrasse, eu faria uma festa. Outra chatice é gente estranha que vem de outras capelas para bisbilhotar o defunto alheio.

— Morreu de quê, hein?

— Era feia assim mesmo ou só depois de morta?

— Tinha filhos?

Não, eu não tinha filhos. Graças a Deus, porque deve ser coisa muito ruim ver sangue do sangue da gente ali esvaindo em lágrimas em frente ao caixão.

— Era casada, era? Quem é o viúvo?

O viúvo em questão fez uns cinco lanches em menos de dez horas de velório, nunca vi tamanho apetite, parecia até algum tipo de comemoração. Não chegou perto do caixão e a cara que fazia quando lhe desejavam os pêsames é uma curiosidade que levo para o túmulo. O túmulo. Este — que bom! — não vai ser uma curiosidade que levo para o túmulo, já que é para lá que devo ir já, já. Não sonho com jazigos nem lápides luxuosas, quem sou eu para esperar isso de um viúvo mão de vaca.

Mas deixe que eu esqueça como seria o túmulo dos meus sonhos. Acaba de aterrissar em cima de mim um rosto que quase me fez abrir os olhos. Ele! Como ele soube? Quem o avisou? Teria o viúvo posto um anúncio fúnebre nos jornais? Não acredito. Mais um mistério para eu levar para o túmulo, mas agora nada mais importava. O homem para quem estive mais viva agora me via morta.

Ele me olhou com carinho e — seria mesmo? — um leve sorriso. Olhou o corpo da cabeça aos pés e fiquei com vontade de me enfiar debaixo da terra — antecipadamente — com vergonha de não ser mais jovem. Nem jovem, nem alegre, nem apaixonada. Nem viva. Viva no verdadeiro sentido da palavra. Ardente. Iluminada. Linda. Era o que ele me dizia todos os dias, na nossa juventude. Dias em que eu acordava sorrindo e queria não dormir só para me lembrar dele sem o risco de ele não estar no sonho daquela noite. Mas tudo havia sido muito, muito antes do azedume tomar conta de mim. Bem antes de eu achar que um dia não me importaria de estar morta.

Ele estava bem. Corado, semblante tranquilo, bonito para a idade. Mesmo careca. Uma bela careca. Já as mãos, nem esticando o pescoço inerte de defunta eu veria. Queria saber se usava aliança. Teria se casado? Estaria viúvo? Será que ainda gostava de mim? O que será que está pensando agora, enquanto olha minhas mãos? Descubro que os mortos leem apenas os rostos das pessoas que não importam. O rosto de quem se ama — para vivos ou mortos, agora eu sei — é sempre uma incógnita a nos martelar a cachola. Pois o dele, agora, era o mesmo rosto de quem avisou que partiria. Não sei o que ele pensava naquele dia, não sei o que ele pensa agora.

Enquanto fecham o caixão e vejo seu rosto sumir, concluo: eu já estava morta havia muito tempo.

Este livro foi composto na tipologia Minion Pro
Regular, em corpo 12/18, e impresso em
papel off-white no Sistema Cameron da
Divisão Gráfica da Distribuidora Record.